SEMÍRAMIS

A marca FSC® é a garantia de que a madeira utilizada na fabricação do papel deste livro provém de florestas que foram gerenciadas de maneira ambientalmente correta, socialmente justa e economicamente viável, além de outras fontes de origem controlada.

Ana Miranda

SEMÍRAMIS

ROMANCE

Companhia Das Letras

Grafia atualizada segundo o Acordo Ortográfico da Língua Portuguesa de 1990, que entrou em vigor no Brasil em 2009. Por decisão da autora manteve-se a antiga ortografia em alguns casos.

Capa e projeto gráfico
Victor Burton sobre desenho de Ana Miranda

Preparação
Márcia Copola

Revisão
Ana Maria Barbosa
Huendel Viana

Dados Internacionais de Catalogação na Publicação (CIP)
(Câmara Brasileira do Livro, SP, Brasil)

Miranda, Ana
Semíramis / Ana Miranda — 1ª ed. — São Paulo : Companhia das Letras, 2014.

ISBN 978-85-359-2390-2

1. Ficção brasileira I. Título.

14-00589 CDD-869.93

Índice para catálogo sistemático:
1. Ficção : Literatura brasileira 869.93

[2014]

EDITORA SCHWARCZ S.A.
Rua Bandeira Paulista, 702, cj. 32
04532-002 — São Paulo — SP
Telefone: (11) 3707-3500
Fax: (11) 3707-3501
www.companhiadasletras.com.br
www.blogdacompanhia.com.br

Dedicado a Rachel de Queiroz

Começarei pois sem começo, que é melhor: poupo-vos algumas linhas de preâmbulo, e a mim alguns minutos de reflexão. A reflexão é uma cousa que está hoje fora da moda: o pensamento anda a vapor como a locomotiva, e faz vinte milhas por hora.

José de Alencar

Sim, sou irmã de dona Semíramis, eu lhe respondi. Ele me conhecia de nome, Semíramis falava muito na irmãzinha que tanto amava. Quem era aquele homem diante de mim, ali no mesmo Alagadiço Novo, e por que falava em Semíramis, nada me ocorria que explicasse. Mas sempre que alguém está no lugar certo, onde não deveria estar, no momento adequado, inesperadamente ali, e não em outro lugar, pois ninguém tem este dom de estar duas vezes num só lugar ou uma vez em dois lugares diferentes, na matemática das presenças e ausências, esse alguém foi escolhido por tais maquinações que nem suspeitamos nem imaginamos haver, e onde são fabricadas, e quais são os seus intentos, e o que haverá em seguida. Alguns instantes da vida nos caem na cabeça como raios, acabando com a monotonia do presente, com a regularidade das cousas, e tudo deixa de se esconder sob a face do matiz e dos recamos. A vida se revela, mas sem explicações. E tudo começa, mesmo sem um começo, sem preâmbulos, depressa, sem um minuto sequer para a reflexão. Tudo se passou em minha mente como um vapor a vinte milhas por hora, as lembranças tão vivas e tão estonteantes e tão rápidas que eu continuava pálida, precisando de amparo. Bebi um pouco da água, que me pareceu menos fria do que minhas mãos. Levantei os olhos e o vi, novamente, e ele me olhava. O momento certo, a escolha certa, a pessoa certa no lugar certo, a vida era um pano verde, três parceiros, nove cartas, ficam treze na mesa, cada um que adivinhe a sua partida e a sua hora, tudo nesta vida é passageiro, fugaz. Não sabemos o que mais exerce influência em nosso futuro, que fatos jornaleiros se transformam em mistérios. Mas sei o que é conviver com o mistério: uma brincadeira, dois enganos, e três minutos de ilusão.

Parte
1

Viagens políticas

O Alagadiço Novo era o outro lado do mundo, o que de mais eu podia almejar em termos de léguas. Ia ser a minha primeira viagem, no rumo da família Alencar, tão prezada por meu avô que não prezava a ninguém com tanto respeito. Vovô tratava-me como a um neto rapaz, permitia que eu escutasse as conversas governativas, andasse a cavalo em passeios solitários, jogasse bilhar, fumasse de seu cachimbo e assistisse às sessões da Câmara na sala livre. Jamais me deitava olhos de censura. Ele mandou vir do sítio cavalos e mulas e contratou um guia, assim na vila do Crato ficaram sabendo de nossa ida ao Alagadiço. Saiu no jornal *O Araripe* uma nota reprovando a ausência do vereador. A sala era livre, mas a vida, nem tanto. O rastilho se acendeu de casa em casa. Senhores se juntavam nas rodas de conversa, às mesas de bilhar, nas esquinas, a considerar nossa viagem. Senhoras nas esteiras de suas salas faziam perguntas, outras desciam das redes e se descruzavam para vir à nossa casa em visitas "casuais". Deixaram seus cachimbos, seus doces e a água fria, deixaram as redes e foram às janelas, às casas umas das outras, ou sentavam na soleira da porta a fumar, especulando o motivo da viagem. O motivo da nossa viagem era político: meu avô ia se filiar ao novo partido que o padre Martiniano estava fundando no Alagadiço Novo.

O avô exclusivo

Ia ser uma exultante oportunidade para eu avaliar o tão aclamado mundo. Eu nunca tinha saído de minha vila e era menina-moça, idade em que *as predileções têm mais vigor e são paixões*. Minha avó disse suas ironias para mim, como se eu fosse uma lagarta a virar borboleta, e para vovô, que não é bom turvar a água que se vai beber, cousa que não entendi bem, mas ele, sim, pois ficou taciturno. Semíramis estava entre feliz e desconfiada, ela me deu um chapéu de palha rendado, com um véu preso por fitas e de abas largas, arrumou-o em minha cabeça e olhou-me de uma maneira estranha, como se me visse pela primeira vez. *Até que tu és bonitinha*, ela disse. *Corada e bem--parecida. Por que não te arrumas como menina-moça?* Minha irmã queria que eu fosse à banca de costuras encomendar uma toalete de passeio, simples e ligeira, para a chegada ao Alagadiço Novo, quem sabe eu encontraria *alguém* por lá? Semíramis sempre estava em busca de *alguém*, atirando a esmo e com a fina pontaria de um cupidinho. Inventava às vezes que algum seu pretendente estava enamorado de mim. Mas minhas roupas costumeiras me bastavam, eu pensava mais em aprovisionar meu fumo e no que poderia privar com a presença de meu avô, constante, exclusiva, porque durante a viagem eu teria o meu avô só para mim, o meu avô só para me dar olhos, seus olhos limpos e divinos, o meu avô só para me dar ouvidos e toda a sua atenção, a destilar sua memória só para mim, o brilhante rasto de seu espírito só para mim e mais ninguém.

Advogado da razão

Antes de seguir para o Alagadiço Novo, vovô pediu permissão aos vereadores e ao juiz para se ausentar. Sua viagem foi muito debatida na câmara pelos conservadores, nem mesmo os liberais o apoiaram, sabiam de sua missão junto ao padre Martiniano, desconfiavam dessa fundação de um novo partido, tudo estava despedaçado depois das guerras de 17 e 24. Tinham receio de um terceiro banho de sangue. Um desconfiava do outro, até entre os do mesmo partido. As lembranças ainda galopavam pelas ruas, dando tiros. Mas meu avô era pertinaz. Fez um discurso sobre a renovação política, iria se encontrar com homens da capital e traria novas ideias, apelou para os sentimentos que muitos ali mantinham vivos, de deferência pela luta republicana. Não mencionou o padre José Martiniano nem uma vez, era um nome que acendia polêmicas. Evocou, sim, a mãe do padre Martiniano, sabendo da influência que dona Bárbara exercia no espírito daqueles senhores, mesmo os adversários, dona Bárbara estava acima de qualquer desdita política. Mas, como sempre, meu avô conseguiu dobrar os camareiros *altivos e façanhudos*, que *falavam grosso diante do clero, uma potência no campo civil*, mandavam mais do que o rei. E o fez, sentado em sua cadeira de balanço, na sala de nossa casa, tomando com eles uma aguardente desenterrada, deu a entender que traria uma resposta quanto ao *segredo* do padre Martiniano. Um segredo que não era secreto, murmuravam dele nos corredores da câmara, nas calçadas da cadeia, nas redes das alcovas. *Convém, senhores, não confundir um incidente com o fato.* Mas precisavam saber do andamento do enredo. Uma nódoa na vida do padre Martiniano poderia ser uma arma política nas mãos dos conservadores. Vovô conhecia a alma humana, ainda mais a dos seus pares, que andavam com a lei na mão e a lazarina na outra. Na negociação entrou outra moeda: vovô foi encarregado de levar cartas e presentes para distribuir pelo caminho, nos sítios, nas aldeias, vilas onde moravam familiares dos vereadores.

A caixinha de Semíramis

Semíramis, de ordinário tão alegre e travessa, sempre a primeira a lançar-se ao meu encontro, a sorrir-me e dar-me os bons-dias, estava toda amuada quando veio me entregar uma caixinha amarrada por fitas, com a recomendação expressa de eu não abri-la antes de chegar ao Alagadiço Novo, sob nenhuma suposição. Ela me fez prometer, e prometi. Saltou, de tão alegre que ficou. Fez-me mil carícias, sorriu, coqueteou. Tão travessa que eu não conseguia ralhar com ela para ter modos. Semíramis estava segura, conhecia o meu espírito indagador, minhas aspirações, mas também o meu caráter consciencioso e a minha força de vontade. Nunca fui capaz de descumprir uma promessa, ignorando os *súbitos desenlaces que às vezes fazem o efeito de uma guilhotina*. Vovô dizia que a palavra era uma arma, mas para ter força devia ser venerada, sagrada, cunhada em verdades, com o escrúpulo da exatidão, a palavra era fatal e infalível. Eu mesma acho que fui construída com as palavras de meu avô, misturadas às de vovó, forjaram com suas frases a minha mente. Também as palavras de Tebana me eram fundas. Semíramis foi feita das palavras escritas por uma pena que *desce do seio das nuvens, pura, fresca e suave como uma odalisca que roçagando as alvas roupagens de seu leito resvala de seu divã de veludo sobre o macio tapete da Pérsia*. Eu era fiel a minha palavra e cumpriria a promessa, não abriria a caixinha mesmo se ficasse morta de curiosidade, mesmo se tivesse alguma suspeita arrasadora. Eu era capaz de morrer para não me desdizer.

O sorriso de Semíramis

Pesava pouco o volume que Semíramis depositou em minhas mãos após pedir que as abrisse em concha, e me obrigou a repetir as palavras de promessa que ela mesma ditou. Duas vezes prometido, Semíramis deu aquele sorriso misterioso que comentava seus ardis, desmentia o olhar, causava medo, e me deixou a sós com a caixinha para que nos entendêssemos, mediante nosso contrato. Pensei em me desdizer dessa vez e abrir logo a caixinha e desvendar o mistério. Ou abrir só de curiosidade e depois fechar, mas isso não era de meu temperamento. Para prevenir tal tentação, a caixinha só se abriria se eu cortasse as fitas, tal o emaranhado de nós cegos e laços. A caixinha não fazia ruído quando eu a balançava. Por um longo tempo especulei o que haveria ali dentro, se um terço para rezar, uma medalha para me proteger e ao vovô, se uma memória, um pequeno sabonete de tingui, algo enrolado em algodão para que o ruído não denunciasse a natureza daquele conteúdo. Mas era tão leve! E pensei, não, Semíramis não era como eu. Do modo como eu conhecia as suas manhas, ali haveria apenas uma folha seca do quintal. A intenção do mistério seria lembrar-me de pensar em minha irmã por todo o caminho até o Alagadiço Novo, a cada instante de devaneio, a cada momento de silêncio, dia após dia, como um pequeno espinho que ela me fizesse penetrar no dedo e a todo toque ele alarmasse. O expediente engenhoso teria como fim a presença constante de Semíramis durante a viagem, ela ao mesmo tempo ficava, e ia, ela não me deixava a sós com vovô, estendia até nós o seu gesto habitual de faceirice, pelo caminho afora, mandava sua sombra buliçosa a nos acompanhar em forma de nuga, quem resiste a um mistério?, e por mais inocente que fosse aquele pequeno manejo, era sempre um esforço para me inquietar com a sua sinuosidade.

A palidez do vinagre

Semíramis era mesmo uma imagem rara, cabelos louros, brancura de camafeu, num país em que as moças bebiam vinagre para ficarem pálidas. O rosto era em forma de um ovo de cisne, a boca pequena, mas cheia, o nariz afilado, olhos escuros. Uma *flor transformada em sílfide*, *fada ligeira* que deslizava docemente entre os seres derramando *pérolas de seu orvalho* e *fragrância destilava de seu seio delicado*. Estimava as rendas francesas, fitas de veludo, chapéus floridos, anquinhas, e encomendava atavios assim ao galego, sem fazer as contas. Encomendava no Recife cousas preciosas aos navios europeus. Quem trazia a encomenda era o padre Simeão. A Semíramis, para o padre Simeão, era um encanto em forma do imponderável, acho que ele era enamorado de minha irmã, sem saber, ou sabendo. Ele falava suspirando e olhando Semíramis, que o ignorava, ela só lhe dava atenção quando queria encomendar suas cambraias ou rogar que fizesse um pedido ao vovô, para deixá-la ir a um sarau, faltar às aulas de piano, licença para uma visita ou assistir a uma sessão de teatro, ou, o que ela mais gostava, ir ao *ato* no adro da igreja, para ser presenteada pelos rapazes com os objetos rematados, ela arrebatava quase todo o acervo do leilão, deixando as outras moças logradas. E lá vinha o padre Simeão de Recife, com as mulas transbordando de carga. Pobre padre, com seu altar portátil, obrigado a carregar as vaidades de Semíramis, mas Semíramis não se apiedava dele, minha irmã seria capaz de fazer o papa ir ao Crato somente para levar seus botões de madrepérola.

As malinezas de Semíramis

O povo dizia que Semíramis era uma santa. Mais uma astúcia de minha irmã, suas finuras não tinham fim. De uma malícia de Semíramis saía outra, e outra de outra e mais outra de outra. Não tinha simpatia pela bondade, ela dizia que bondade era cousa de gente simplória e sem estima por si mesma, gente bondosa era gente com culpa no mundo, com rabo preso, acho que de certa forma estava certa, e se podia, ela maltratava: espetava besouros com agulha, tirava a comida ao cachorro, soltava os cavalos das visitas, jogava sal na panela de Tebana, cuspia na água da cacimba, fazia algum menino atirar pedras em filhote de gato, tudo aos risos. Esqueceu-me dizer: isso na infância. Chamavam-na de *travessa*. Mocinha, deixou de lado essas malinezas sem consequência e aprendeu a agir com presunção, só maldava para seu bem, quando queria tirar um proveito. Ficava de febre na cama se lhe proibiam um baile. Deixava cair a sidra sobre o prato que não queria comer. Doava suas roupas na igreja, para ganhar novas, e ainda passava por caridosa. Espalhava histórias para infamar suas rivais. Cólicas, zangas e mentiras eram seus argumentos. Tudo ela conseguia, com graça e encanto. Maltratava os rapazes, levando-os na ponta dos dedos, dizia *sim*, depois dizia *não*, dava esperanças, deixava os pretendentes se apaixonarem e depois dispensava, ia arrebanhando um cordel de aspirantes. Sabia usar as roupas e cores para atrair ou repelir. Conhecia a arte das lágrimas fingidas e de dissimular sentimentos. Uma arte ou uma ciência? Ainda assim era amada, muito mais que eu, até mesmo eu a amava mais do que a mim mesma. Cousa a seu favor: ela não escondia a sua intenção, *Ras-*

guei este vestido só para ganhar um novo!, e tudo virava motivo de riso. Tinha talento, tanto para piano como para mentir, acabava atriz.

Pomba da Babilônia

Padre Simeão disse que Semíramis foi uma bela rainha do tempo antigo que reinou sobre muitos países por mais de quarenta anos, a Pérsia, Assíria, Armênia, Arábia, sobre o Egito, sobre toda a Ásia, e foi essa rainha que fundou a Babilônia com seus jardins suspensos. Na Bíblia ela é a Diana dos efésios, aquela que toda a Ásia e o mundo veneram. Disse o padre que a Semíramis era filha de uma sacerdotisa que a abandonou no deserto, de madrugada, para morrer, mas a criança foi alimentada por umas pombas, até que um pastor de nome Simas a encontrou e levou. Ela se casou com um dos homens mais poderosos do mundo, Ninrode, o homem que construiu a torre de Babel porque desejava se vingar de Deus pela destruição de seus antepassados, a primeira tentativa do Satanás de formar um ditador mundial, disse o padre, e todas as religiões falsas do mundo nasceram na Babilônia. Semíramis era chamada *rainha do firmamento*, e dizia o padre Simeão que ela não morreu, mas foi levada aos céus em forma de uma pomba. Só os poetas não a compreendiam. Minha irmã Semíramis escutava essas lendas contadas pelo padre Simeão, mordia os beiços, e quando se levantava estava mudada, parecia mesmo uma pomba coroada de ouro que ia levantar voo para reinar sobre a Ásia inteira. Quem escolheu o nome de Semíramis foi mamãe, que nunca explicou essa escolha e levou os motivos para o além. Há motivos para nomes, e há nomes para os motivos, mas muitas vezes os nomes passam a ser o próprio motivo e a própria cousa. Perguntei ao padre Simeão sobre meu nome, mas ele nada sabia. Meses depois apareceu com a resposta, *Iriana* é nome hebraico, significa a mais ilustre, que vai ganhar dinheiro e conquistar posição, mas sempre solitária, severa, distante e duvidosa. Tudo isso eu acho que o padre inventava.

Uma roseira de espinhos

Eu não dava tratos às roupas, andava descalça, chapéu de vovô, usava uma blusa de pano rude, para poder montar eu metia por baixo das saias um par de calças. Sempre em cima do cavalo. O povo maldava de mim, que eu vivia solta, sem xale, vestida como homem, redonda feito uma boneca de pano, a cara redonda, gorducha, feia, feiosa e sem graça, sem enfeite, sem berloques, que considero *soberanamente ridículos*, expressão de Semíramis, mas apenas em mim, pois em Semíramis toda corrente cintila, todo ouro combina, ela é naturalmente linda, mas os seus sorrisos e quebrados de olhos, as suas ondulações, resultam de uma *causerie inocente que ela tem todos os dias com seu espelho*, minha irmã é toda doçura e donaire, os lábios úmidos de mel e absinto no coração, as mãos soltas no ar parecem aves-do-paraíso, o passo ligeiro vai a *acariciar o Zéfiro sobre o esmalte dos prados*, os cabelos flutuam à mercê dos revoltosos caprichos, o colo alvo sugere *garças voando pelas lagoas*, cada dia mais bonita, botando corpo por dentro de vestidos semeados de latas. Começo a falar em mim, e quando vejo estou novamente a falar de Semíramis, adorando-a, ela tem mais este dom, é sempre o assunto das conversas, em nossa casa todos passamos o dia discutindo o temperamento de Semíramis, seu comportamento, penteado, o novo enamorado, a unha quebrada de Semíramis, a dor de Semíramis, a comida preferida de Semíramis... Ela é um assunto que fascina. Não alcanço como Semíramis consegue isso, e se o faz de propósito, ou se é um dom natural, ou se é um dom natural retrabalhado. Sei que ela tem arte. Sempre percebi o lado ardiloso de Semíramis, portanto não era nunca um espanto quando eu descobria seus falsetes, depois de algum engano. Talvez eu mesma quisesse, precisasse me iludir, por isso davam certo as suas manhas. Não sei como pude alguma vez acreditar em Semíramis, e sempre acreditei.

A encomenda materna

Dona Bárbara, que era nossa vizinha, mandou por seu escravo uma encomenda para o padre Martiniano, no Alagadiço Novo. As mães em nossa vila costumavam mandar para seus filhos uma cesta de guloseimas, alguma delícia que os fizesse recordar a infância, rememorar os doces enleios da casa materna. Dona Babu mandou ao filho apenas um papel lacrado, não mandou rapaduras nem queijos de coalho nem alfenins nem bolos de carimã nem pequis, nem lenços bordados com as iniciais do nome do saudoso filho, mandou apenas um papel dobrado, com lacre. Foi um desentendimento entre mãe e filho. Como dizia um poeta, *Teu filho não era flor? Por que hoje é rosalgar, veneno pra tua boca?* Ela estava abatida, quebrada de fadiga, os sofrimentos, perdas, a prisão, as *grosseiras imbecilidades de seus inimigos*, a humilhação, mudaram sua alma numa rispidez, que pensamento poderia lhe distrair o espírito dos cismas? Vovó conhecia a história do segredo de padre Martiniano, do desgosto de dona Bárbara, acho que no fundo se compadecia por saber que filho é aquele que mais faz a mãe sentir, mas sentenciou, *Uma infâmia de mais ou de menos para quem já perdeu a conta...*

Mísero papel

Quando o Barnabé se anunciou à nossa porta, foi como se um raio caísse no telhado. Barnabé era escravo de confiança de dona Bárbara, e tão de confiança que ele tinha os mesmos ares de sua ama, um jeito altivo, franco, uma voz firme, um olhar meio de cima, mas piedoso. Ele era a imagem de dona Bárbara feita em charão, como um espírito que migrasse. Tebana perguntou ao Barnabé o que ele queria, Barnabé disse que trazia uma encomenda de dona Babinha para meu avô e estendeu o mísero papel, para ser levado ao padre José Martiniano no Alagadiço Novo, e entregue em mãos. Vovô ouviu a voz de Barnabé e foi à porta, minha avó quase estrebuchou de ódio, onde já se viu um vereador ir à porta falar com um escravo? Só mesmo porque era a mando de dona Bárbara. Meu avô, sempre dono de si, sempre tão altivo, parece que perdia o governo quando o assunto era dona Bárbara. Minha avó odiava a reverência de meu avô por dona Bárbara. Acho que odiava mais a reverência de meu avô por dona Bárbara do que o amor de meu avô por dona Bárbara.

A singular família

Dona Bárbara não era só poderosa na região, ela atraía, tinha uma força estranha. Bastava uma pergunta que ela se punha a responder e estavam todos ao redor, ouvindo. Dona Bárbara tinha o dom de arrebatar as atenções, quando sua voz se alteava as outras silenciavam. Era dada a entusiasmos e ímpetos, presa a ideias e muito determinada no dia a dia do trabalho. Como os outros ricos dos Cariris ela vivia em casa de telha, o eirado cheio de cavalos, e carros, homens d'armas, fazia derrama de patacões, banquetes de comidas carregadas, tudo com vinhaça, em noites iluminadas a farol, na mesa de perna grossa deitava carnes e gorduras, doces, queijos e mil cousas da terra e tudo se comia atribuladamente, servido pelas índias de toalha ao ombro, pelas escravas de pés descalços, era malcriação negro andar de chinelas. Recebia poderosos da capital da província, até de Recife e da Bahia. Mas tudo sem luxo, tudo rude, as aristocracias guerreiras sempre desdenharam da riqueza. Dona Bárbara perdeu as fazendas com as duas guerras republicanas, perdeu o irmão, dois filhos e muitos parentes. Mas não perdeu o brio, guardando em si uma melancolia que lhe toldava os olhares. Ao mesmo tempo afável e seca, franca e imprecisa. Dona Bárbara era capaz, experimentada, rude e corajosa. *Ela possuía muita harmonia nos traços, tinha a boca ampla e os lábios firmes, seu todo era forte, quase masculino, alta, a passada larga e decidida, ao mesmo tempo que movia com muita desenvoltura os braços longos. Se impunha como chefe onde chegasse e falasse.*

A força de uma sentença

Vovô não gostava que ninguém chamasse dona Bárbara de dona Babu, ou dona Babinha, ela possuía o título de heroína dado pelo naturalista Arruda da Câmara, e vovô considerava o apelido uma redução de sua força política, uma tentativa de subestimar as ideias liberais que favorecia aos conservadores, em tudo vovô via a política, até num carinho de intimidade. Penso, se não foi o título de *heroína* que deu ânimo e fé política a dona Bárbara, selando seu destino com a crença de que havia um sentido maior na vida, se não tivesse recebido o título quiçá dona Bárbara teria posto um limite em seu sofrimento, nunca sabemos como as pedras da sina se arranjam, como é maquinado o nosso fadário, e a força de um título, que pode soar como uma sentença. Sem o título, teria ficado aos pés de sua santinha, rezando, *Santa Bárbara bendita, que no céu está escrita com papel e água benta, aplacai esta tormenta!* Em vez de rezar para serenar a terra, saía formando exércitos. Era isto, nascer no seio de uma família para quem a política é uma religião. Dona Bárbara flanava num mundo de grandes tramas, fazia parte das tragédias, disputas, da craveira de forças, dominando milícias de cabras, sujeita a emboscadas e traições, o mundo que cercava dona Bárbara era um território de guerras, desde as armadas contra vermelhados, em sua infância, incêndios de tabas guerreiras, assaltos e massacres, centenas de cabeças rolando pelo chão, foi o que ela herdou, e herdamos.

Ceia em silêncio

Meu avô foi se despedir de dona Bárbara, ao entardecer, na véspera da exaltada viagem. Não me permitiu ir. Foi sozinho, deixando um silêncio ameaçador. Nossa ceia foi feita em silêncio, mesmo a novena no oratório depois da ceia foi feita em silêncio. Vovó não caminhou pela casa arrastando as chinelas, ficou sentada na cadeira de balanço, mas sem balançar para não ranger, e a cabeça meio de lado, como se quisesse escutar as palavras de vovô e as de dona Bárbara, do outro lado da praça. O silêncio ficou tão imenso que os ruídos mais distantes soavam dentro de nossa casa, um latido, um choro de criança, um tilintar de metais, um cavalo a bufar, uma rajada de vento no alto da serra. Fui sentar no oitão para espreitar, a porta e as janelas da casa de dona Bárbara estavam abertas e na sala tremulava uma luz de facho. Havia cavalos diante da casa, sinal de que dona Bárbara recebia outros visitantes além de meu avô, sua casa mantinha as portas abertas e eram constantes as visitas, ninguém viajava sem se despedir de dona Bárbara, nenhum viajante chegava a nossa vila sem ser levado a dona Bárbara, nenhum casamento, batizado, enterro, acordo político, o que fosse, acontecia sem as suas bênçãos. Na frente de sua casa ficavam cabras armados, pois as inimizades e os ódios ainda pairavam. Meu avô desapareceu dentro daquela casa. O que conversavam? Vez em quando passava o vulto de uma escrava a encher os copos. Ali meu avô e dona Bárbara ficaram pouco tempo, que pareceu longo. Ele assomou à porta, mas em vez de voltar para casa foi para o bilhar tomar uns tragos, e ficou a conversar com vagabundos e bêbados, mascando felpa de tabaco, enrolando cigarros. Entrou em casa, na esperança de que vovó estivesse dormindo, mas ele ainda a encontrou na cadeira de balanço. Mesmo cega, vovó acompanhava os passos todos de vovô quando se referiam a dona Bárbara, e quando ele abriu a porta, bem devagarinho, ela disse: *Uzagre, fogo-selvagem, foge daqui, que eu estou com nojo de ti!*

O tempo chega

Tantas noites eu acordava e via a janela aberta, como se alguém tivesse entrado e escapado, vindo para me assombrar, e eu rezava a oração que minha mãe me ensinou, para que a Senhora das Angústias, que sobressaía a todas mais pela carícia do olhar, um olhar que atraía a si as almas, me protegesse, e a reza que Tebana me ensinou para afastar medos, *Tantanguê sai-te daqui, vai-te esconder!* Eu estava tão exaltada com os acontecimentos que mal conseguia dormir, olhando a parede do quarto tremulando de luz, a sombra parada da varanda de minha rede, ouvia a reza dos penitentes que se ajoelhavam no cume do morro, vez em quando eu olhava Semíramis na cama a ressonar, como ela dormia bem a noite toda, sem torturas na consciência! Mesmo dormindo, Semíramis era uma princesa, seu corpo um cofre aveludado que carregava a alma esquiva, lábios vertendo soberba e sedução, que segredo guardava em si?, seu modo de ser, ao mesmo tempo puro e lascivo, uma aura provocante compondo a figura no leito... Quando Semíramis ficava amuada, triste, ou batia uma porta ao ser contrariada, suas lágrimas finas, delicadas escorriam como um fio de corrente, molhando o peito, às vezes o pano de sua blusa chegava a ficar transparente de tantas lágrimas. Porém, logo ela estava novamente sorrindo, dando beijos e afagando a todos, a passagem entre um estado de espírito e outro era tão rápida e natural que não se percebia. Pensei em quando Semíramis casasse, seu esposo a olharia assim adormecida, as madeixas descendo pelo travesseiro, ainda mais perturbado do que eu com suas contradições. Eu olhava a caixinha, olhava Semíramis, olhava a janela... Parecia que eu estava criando asas para voar, entre dormindo e acordada, ora voando ora deitada, e no exato momento em que adormeci de verdade e comecei um sonho, senti a mão de Tebana me sacudindo, estava na hora de levantar. Mal raiava o sol, uma luz azul no quarto. Foi breve o sono, mas acordei revirada por uma dezena de anos. Meu coração disparou. O tempo nunca se esquece de nós. Tudo o que esperamos um dia chega.

A despedida de Semíramis

N*ão vais me dar um beijo?*, disse Semíramis, um pouco desacordada, o rosto liso e perfeito, não se deu o trabalho de levantar da cama, mas vi que tinha sentimento, ela abriu os braços, amorosa, e lhe dei um beijo na testa fria da madrugada. *Não vás! Fica comigo!*, abraçou-me, e parecia querer me prender. *Preciso ir, Semíramis.* Beijou-me doze vezes. *Prometes que me contas* tudo *o que acontecer na viagem?*, ela disse, segurando com força o meu pulso. *Como é que vou me lembrar de* tudo, *Semíramis?* Mas eu sabia a que ela estava se referindo, o *tudo* eram os namoros, saraus, festas, vestidos das moças, rapazes, raptos, as comidas, as músicas, os assuntos de vovô. Falava também do segredo do padre Martiniano, fez-me prometer que o contava, pois decerto eu ia ficar sabendo. Sentou-se na cama, sua camisola parecia mais um vestido de comunhão, toda cheia de rendas e nervuras, num algodãozinho puro, alvo e vaporoso, quase transparente. Olhou-me e suspirou, *Quisera estar indo contigo, Iriana*, ela disse, *mas vovô não permitiu.* Era quase mulher, curvas graciosas, seios pequeninos e levantados, uma cinturinha delgada de sílfide, a ilharga de uma Vênus, a doçura de uma Afrodite, a leveza de uma ninfa, a força de uma musa, toda ela mitologia de padre. Semíramis se oferecera para ficar em casa, disse que não ia deixar vovó sozinha, mas acho que ela *quis* ficar, se disse ao vovô que ficava para fazer companhia a vovó, era que tinha algum intento, talvez seduzir alguém e quando decidia seduzir alguém ela se empenhava de tal forma que nada mais lhe significava. Também acho que vovô queria proteger Semíramis dos desgastes no dorso de cavalo e abrigar do sol a sua pele sedosa, as estradas pediam uma rudeza que Semíramis não tinha, mas queria ter, não estava satisfeita com as suas qualidades. E ela me disse: *Quisera ser como tu, é muito mais difícil ser eu do que ser tu.*

Castigos divinos

Semíramis tinha um conceito estranho: a beleza humana era cruel e tenebrosa, um castigo mandado por Deus. A própria deusa da beleza, Vênus, foi uma infeliz, obrigada a casar com o homem mais feio do mundo, e levada pela infelicidade a deitar-se nos leitos com deuses, semideuses, mortais, reis, príncipes. Todas as pessoas belas eram infelizes, condenadas a se mirar num espelho eterno, como Narciso, que só teria vida longa se jamais contemplasse a própria imagem. Semíramis disse que as pessoas não perdoavam as qualidades que se distinguiam acima do comum, dirigiam contra elas todos os ressentimentos e invejas. A feiura também era castigo, mas só para quem se achava feio, a feiura não atrapalhava os outros, até fazia bem, ser comum era a melhor maneira de ser feliz, uma pessoa comum não aborrecia ninguém porque as pessoas comuns eram todas parecidas, ou pareciam ser parecidas, e entre os pares não havia conflitos, aqueles cabelos louros dela e a pele alva de nascença, num país moreno, eram marca de punição. A felicidade era ser parecido com todos, fazer o mesmo que todos, pensar como todos, esquecer como todos, e não ter sentimentos. *Mas, Semíramis, sem sentimentos, como alguém vai sentir a felicidade?*, perguntei. *A felicidade não é cousa que se sente, mas que se vive.* Semíramis tinha resposta para tudo. A cabeça revirada pelas lendas do padre Simeão. Com todas essas torturas, perguntas que assaltavam constantemente minha irmã, eu sabia que sentiria muito a sua falta durante a viagem, era a nossa primeira separação depois de uma vida toda dormindo no mesmo quarto, às vezes na mesma cama, comendo as mesmas comidas, travando as mais compridas conversas, ensinando uma à outra e amando uma à outra.

Estrada no leito

O comboio seguiu antes com a bagagem e água em odres, partiu na frente para não nos atrasar. Na estrada meu avô e eu parávamos a conversar nas casas, entregando as cartas e presentes, admirando reses a pastar, pássaros nos galhos, flores de jitirana, olhos-d'água e lagoas, açudes, ouvindo aboios. A algazarra de uns pássaros loquazes. Dormíamos enluaradas noites nos alpendres das casas rudes, ou nos fiangos armados sob a ramaria de uma árvore e quedávamos a olhar a toalha prateada sobre os campos, ouvindo distantes os cantos dos menestréis. E nas noites escuras o pio dos caburés, o ruído dos bacuraus esquivos a adejar no mato, os olhos amarelos dos curiangos a fulgir entre as folhas, tudo fascinava, mesmo acordar com os gritos das arapongas. Quanto mais nos afastávamos do Crato mais a mata se ressecava, o sertão ia ficando cinzento, a paisagem se estendia em ondulações desnudas, as cacimbas ficavam vazias e os açudes com uma água salobra, uns longes do sal de ferro, água barrenta, nojenta, urina de guaxinim. Uma casa aqui outra acolá, perdidas em fins de mundo, nem se sabe como sobreviviam naqueles ermos os pobres, ouvindo o esturro das onças, os gritos lancinantes das jandaias, e em toda aquela miséria ainda nos ofereciam seus recursos tão parcos, as espigas, vagens verdejadas com lágrimas, também por isso nessa viagem fomos felizes, pelas paisagens mudando e pelas almas boas que encontrávamos no caminho a nos contar histórias fabulosas, endechas e adivinhações, desafios e repentes, suas especulações puras sobre o princípio e as causas, histórias que lhes chegaram de longíssimo por labirintos que eu nem podia imaginar, as cousas transformadas em esfinges.

A esfinge

Padre Simeão chamava Semíramis de *esfinge*, e explicava, havia as esfinges egípcia e grega, mas uma coruja, uma Cassandra, uma cigana, uma Semíramis, eram também esfinges, mesmo não sendo feitas em pedra. A egípcia ficava na frente de túmulos de faraós, como se os protegendo, e tinha patas de leão estendidas, a cabeça humana. Era a suprema autoridade, sagrada e devotada ao sol, mas aparecia em outras formas, humanos com cabeça de ovelha, touros com cabeças de homens barbados, onças de pelo pardo e cabeça de mulher, tudo da imaginação antiga, pagã, que transformava a dúvida e o humano em animal. Porque o cristão, disse o padre, transformava a certeza em palavra sagrada. Mas a esfinge de Semíramis era a filha da Quimera, a esfinge grega feita em estátua, cabeça e seios de mulher, asas de pássaro, corpo e patas de leão, com voz humana, e sua voz humana desolava Tebas propondo enigmas, e a esfinge dizia, *Decifra-me ou devoro-te*. Quais eram os tais enigmas, disse o padre Simeão, ficou na mitologia o enigma que Édipo, o filho de Jocasta, decifrou. *Qual ser tem quatro pés, dois pés e três pés, e quantos mais tem, mais é fraco?* Deixou o enigma no ar, e eu ficava me lembrando de Semíramis como se ela tivesse cabeça de ovelha e corpo de leoa e asas, dizendo *Decifra-me ou devoro-te*, e eu era devorada porque não sabia dizer, por mais que pensasse, que *ser* era este com tantos e tão poucos pés. Era eu mesma, que vivia a cavalo, com quatro pés, ou andando nas ruas, com dois pés, ou com a sombra de Semíramis, que era o meu terceiro pé? Estava para ser devorada. Perguntei a vovô se sabia a resposta da esfinge, ele sorriu, disse, *É a pessoa humana, Iriana, quando pequena se move em quatro pés, adulta anda em dois, e velha usa uma bengala.* A esfinge ficou furiosa quando Édipo decifrou o enigma, e se matou, jogando--se de um abismo.

Na tela das reminiscências

Naquele caminho descobri que saímos de um lugar mas levamos a nós mesmos e ainda levamos o nosso lugar dentro de nós, a se debuxar em memória, caixinhas e cordéis. Quando viajamos, levamos quem somos e todos os nossos modos, medos e manias. Portanto, Semíramis estava sempre à baila, eu via seu fantasma amarelo correr ao lado, cercando-nos de sensações. E não era apenas meu avô quem a trazia, comentando seu modo de ser moça virtuosa, caseira, graciosa, segura de si, dirigindo a vida com rédeas presas, encaminhando-se, conquistando a todos, alegrando, cantando, participando da vida da família, *Se Semíramis estivesse aqui*... eu mesma a levava para a estrada, quando avistava alguma paisagem especial queria logo que Semíramis estivesse ali para conhecê-la, o roxo de uma flor entre espinhos trazia a nostalgia da ausência de minha irmã, a beleza esquiva de uma ave mergulhava num pensamento tonto de saudades. Quando chegávamos diante de uma casa, eu ansiava que Semíramis estivesse conosco para abrir os corações e atrair a si todos os olhares, deixando-me invisível. Sem Semíramis eu tinha de atuar num papel a que não estava acostumada, precisava conversar, responder, inventar assuntos, agradar as pessoas. Eu não era de agradar ninguém, preferia a secura da sinceridade e a solidão do silêncio, bem o contrário da doce Semíramis. Como senti sua falta! Ao mesmo tempo eu estava livre, pela primeira vez na vida, mas essa liberdade não me preenchia as ânsias do peito. Entendi ainda mais a Semíramis, olhando-a de longe. Seu poder de criar os laços. De anuviar os atos. Como as pessoas não viam o que eu via. Como Semíramis enfeitiçava, cegando as pessoas, que só viam o que ela queria mostrar.

Os donos do mundo

A nossa chegada ao Icó foi um acontecimento, eu ouvia falarem que a gente dali era aportuguesada, estacionária, afeminada, pouco dada ao estudo. No Icó também não se faziam boas ausências do Crato, diziam que éramos hostis, insolentes, atrevidos, donos do mundo. Mas gostei do povo do Icó, terra de vovó, gente parecida com ela. Na vila do Icó conheciam meu avô pela reputação e pelas outras viagens que ele fazia passando por ali, nossa chegada tinha sido anunciada pelo padre Simeão e nos esperavam com o que havia de melhor, discursos dos vereadores, cantorias, poemas, sarau de piano, o melhor quarto na casa do doutor Aristides, redes rebordadas, lençóis perfumados e as melhores comidas, balaio de biscoitos, roscas de carimã, flores de alfenim, coalho de cabra. As noites foram lindas de luar, algumas nuvens laceradas deixando passar a luz das estrelinhas daquele poeta. Fomos visitados por toda a gente distinta da cidade, e vovô sentava a conversar, mais a falar do que a ouvir, e eu só escutava, verdade é que eu não tinha assunto para rodas de conversas, preferia sempre ouvir, e criticar aqui por dentro dos erros de português, das tolices, desacordos e contraditas. Semíramis tinha sempre assunto, ora o piano, ora o teatro, ora as receitas, ora as rainhas, embarcava em qualquer um como mestra do tema. São os *dons de sociedade*. Eu estimava mesmo era passear com vovô, só nós dois, olhando as casas da mimosa vila, e ouvindo seus comentários espirituosos. Parávamos a tomar um chá, a comer frutas, a conversar com estranhos, faziam perguntas ao meu avô e ele dava as respostas, aproveitando para pregar as moralidades de sua filosofia, ou declamar versos decorados. Ele estava à vontade nos lugares estrangeiros, vivendo cada instante, e calmo, lento, como se houvesse todo o tempo do mundo para chegar ao Alagadiço Novo. Mas eu sentia um anseio e não sabia o motivo. Só sabia que eu queria logo chegar. Quiçá para abrir a caixinha de Semíramis.

Assunto teológico

Na varanda de um vereador foi que ouvi a conversa "imprópria para mocinhas", fingindo que dormia na rede. Meu avô e o vereador no Icó falaram do segredo: o padre Martiniano estava de *amizade ilícita com uma prima*. O vereador era da família Alencar por afinidade, mas um ramo inimigo, e disse ao vovô que o padre Martiniano e a prima se encantaram um pelo outro quando os Alencar foram se reencontrar no Caiçara depois das tragédias de 17 e de 24. A família Alencar, ou o que restava da família, convocada por dona Bárbara, encontrou-se numa grande reunião familiar no Natal. Caíram no laço Ana Josefina e o padre José Martiniano durante aqueles serões, quando José Martiniano embevecia a todos com seus relatos. Vovô fez questão de dizer ao vereador que José Martiniano naquele tempo não era padre, tinha recebido somente a primeira ordem sacra, como se isso atenuasse o seu pecado. Lembrou a proposição, à Câmara, da abolição do celibato clerical, que chegou a ser aprovada pelos camaristas em 1827 mas foi rejeitada no Senado. Talvez esse voto fosse um erro da Igreja, lançando os padres nas unhas das messalinas. Foi o que meu avô conseguiu, para defender o padre Martiniano. Na verdade o padre Martiniano já era ordenado desde 24, mas isto é a política: torcer as cousas, esquecer, dissimular, para ganhar um tento. Depois conversaram sobre monarquia, república e desilusão. Nem tudo o que acontecia pelo mundo dava certo por aqui. *A alma da terra passa para o homem, de quem é mesmo essa frase tão perfeita, excelência?*, disse o vereador. *A alma da terra passa para o homem*, vovô repetiu, e disse, *Victor Hugo, excelência, a frase é de Victor Hugo.*

Comidas da viagem

Na viagem provei das comidas mais saborosas às mais horríveis, a água quase sempre era barrenta, turva, e às vezes serviam uma água de café tão ruim que só mesmo o vovô para emborcar duas xícaras. Detestei os pequis e a cambica de jenipapo com leite. Mas foram delícias tudo o mais: as garrafinhas de sidra fresca, licores do Cumbe, genebras, os melões e melancias, graviolas, figos, goiabas, romãs, laranjas, sapotis, tudo comido à sombra dos pomares, os mais doces e macios feixinhos de cana-crioula comprados em casa de gente pobre por dois vinténs, e as tainhas torradas, frigideiras variadas, com siri, caranguejo, peixe com cajus verdes, a água de café com grude sempre na merenda, maravilhosos beijus de tapioca e coco, fritadas de carne-seca com paçoca, beijus de massa, goiabada com queijo, tapiocas de grelo de carnaúba, fatias de presunto assadas com beijus e solas, ovos com beijus, café temperado com rapadura, presunto cru com farinha e queijo, tudo eu comia com vontade, mas sempre menos do que eu gostava e costumava, para não dar prejuízo aos nossos convivas, ainda mais os pobres, que tudo ofereciam sem nenhuma sovinice, por isso eram pobres, pensei. Feijão com jerimum, leite de cabra, café com rapadura, rapadura com farinha... Houve um banquete inesquecível: galinha de molho pardo, bifes, tortas de ostras, ovos estrelados, ova de camurupim, queijo de frigideira, excelente pão de forno, tudo regado a um vinho branco e chá, mas às vezes eu passava o dia apenas com um café e um ovo cozido, ou peixe e café, e quanto menos eu comia mais era deleitosa a comida, a fome lhe dava o sabor. Acabei emagrecendo, deixei vovô preocupado.

A chuva

Meu rosto, vi por acaso num espelho, estava como que negro, tostado de sol, e meus cabelos, mesmo protegidos com o pano e o chapéu, alouraram. Mas de um ponto da viagem caiu a primeira chuva em bátegas, dali em diante o firmamento era sempre torvo, todas as manhãs caía uma chuvarada, e parece que as matas cantavam de alegria, vicejando, floresceram em tapetes a babugem e florinhas, as árvores enchiam seus dosséis, o céu se topetou de passarinhos revoando com seus cantos e as relvas de tenras tiriricas e tufos de beldroega e milhãs mimosos juncos quebra-panelas chananas, campos imensos se cobriam de flores amarelas, um monte de flores que nem nome tinham, tudo seivoso, e apareciam lagoas, ipueiras, águas jorravam nas taliscas, de noite os sapos coaxavam verdadeiras sinfonias, suspiravam juritis eternamente tristes em saudades, nas cercas se fincavam caveiras de boi, roceiros cantavam e rezavam, tejubinas verdes secavam na pedra, tudo belo, mas nossas estradas eram rios de lama, a água começou a descer carregando paus secos, ossadas de animais, ali não podíamos passar, acolá era para esperar, adiante a tropa atolou, estávamos sempre molhados ou da chuva ou do orvalho, não havia mais luares e estrelas, os mosquitos vinham em nuvens nos picar, demorávamos no abrigo de uma árvore temendo os raios, de forma que a chuva tão almejada mostrou que gente, fosse chuva, fosse sol, era para ficar dentro de casa, e não no mundo. Imaginei Semíramis nessa jornada de sofrimentos naturais, ela ia desfalecer a cada meia légua.

Boas batatas

Um assunto interessante da viagem foi o Arruda da Câmara, eu sempre ouvia falar nele, os velhos viviam citando suas frases, *A acanalhada e absurda aristocracia cabunda*, como dizia Arruda da Câmara, *Não convém ao feroz despotismo*, *A mocidade em seus inspiros*, *Deve a gente de cor ter ingresso na prosperidade do Brasil*, *Sou dos que não colherei frutos do meu trabalho, mas a semente está plantada com boas batatas*, e a mais relembrada das frases de Arruda da Câmara, *Dona Bárbara Crato devem olhá-la como heroína.* Mas eu não sabia da história toda. Meu avô parece que afundava não na estrada, mas no tempo, às vezes poeira e às vezes lama, às vezes licor e às vezes veneno. O doutor Arruda era um naturalista renomadíssimo por ter escrito dissertação sobre as plantas do Brasil, realizada por ordem do príncipe regente, mas não foi apenas para estudar ingênuas plantas indígenas que se abalou para nossa vila do Crato, andava pelos sertões buscando adeptos para a revolução que se planejava a favor da independência e pela república. Meu avô foi receber Arruda da Câmara, lá por 1810, eu nem sonhava nascer, os dois ficaram amigos, a chegada do naturalista do imperador foi festejada com serões políticos, declamações de odes e louvores, reuniões com discursos laudatórios, os realistas se calaram, o visitante era comissionado do Império. Arruda da Câmara era homem entusiasta pela botânica, dele meu avô guardou por muitos anos desenhos de passiflora, canela-do-mato, o simplinho buji, panasco, ou carnaúba. Minha avó, conservadora e realista, dizia que a chegada de Arruda da Câmara foi o estopim da tragédia de nossa cidade, ele converteu Deus e todo mundo, até o padre vigário Miguel Carlos, que sempre tinha sido carcará.

O que a mulher quer, Deus quer

O frade desfradado Arruda da Câmara era cultivado nas escolas de seminários da França, e não nos sermões de igreja de interior, como tantos por aí, dos livros maiores tirava sua ciência. E conquistou a adesão de dona Bárbara. Perguntado por vovô sobre o motivo de querer a adesão de uma mulher, Arruda da Câmara comentou, *Ce que femme veut, Dieu le veut*, não sei se para tecer loas à obstinação da mulher, ou para ironizar sua teimosia. Vovó dizia que a culpa de nossa tragédia era também da dona Bárbara, da caturrice de dona Bárbara, da teimosia, da ousadia, ira, da rebeldia de dona Bárbara, mas acho que dona Bárbara apenas continuou a tradição trágica de nossas famílias, talvez a tragédia tenha vindo das terras de onde partiram os pais de nossos avós e dona Bárbara apenas seguiu a sina de sua família, sem ser só por sua vontade, mas também por uma vontade antiga. O Arruda da Câmara subiu a serra com meu avô para olhar as plantas, fazer anotações, e comeram marangabas até ficarem pálidos. Provou de nossas frutas, araçás, pitangas, araçá-de-flor-grande, jenipapo, murici, nossas atas, pitombas, nossos cajus e cajás, elogiando-lhes a doçura tão intensa, mesmo vicejando em solo ingrato de sertões. *O nosso é um território especial*, disse vovô, nossos jucás, sabiás, catingueiras tinham folhas maiores, mais brilhantes e coloridas, porte mais elevado e ereto, até nosso mata-pasto era mais verde e grosso, as gramináceas mais tenras. O naturalista lamentava as plantações de macaxeira e maniçoba, as queimadas, o tom pardacento na grande fisionomia dos campos, o desmaio da natureza selvagem, a profanação, temia que toda a proverbial fertilidade e beleza de nossa frondosa mata se transformasse num carrascal. Parecia um menino num campo de brincadeiras, com seu grande chapéu e o rosto paraibano, catando ali e acolá seus gravetos, tateando as suavidades e asperezas das folhas, rasgando-as, tirando linhos, acariciando os troncos dos paus, ou em madrigais amorosos pelas florinhas. Além de tudo, o Arruda da Câmara deixou ensinada às cozinheiras do Crato uma maravilhosa receita de angu de coco-naiá.

Flores e ciúmes

Vovô levou o doutor Arruda para conhecer dona Bárbara, ela estava ainda de luto pela morte da mãe. E dona Bárbara aprisionou-se a esse liberal revolucionário, por paixão política, por seu ideal, e Arruda da Câmara também se encantou com a determinação de dona Bárbara, com sua coragem e entrega entusiasmada, uniu-os ainda a amizade que nutriam pelas plantas, pelas pequenas borboletas do campo, pelas ravinas, encostas e cimos. Mas, em meio a macaxeiras e maniçobas e florinhas e borboletas, o coração de vovô ruminava um nascente ódio ciumento de Arruda da Câmara, pelo que ele parecia estar sentindo por dona Bárbara, e pela atenção que dona Bárbara lhe dedicava, isso era eu que ficava imaginando, pelo que vi e ouvi falar. Vovô não mais mencionava Arruda da Câmara e suas frases inesquecíveis, ele se enojou do naturalista após sua partida do Crato. Quando se lembravam de falar no botânico real, vovô levantava e se afastava para beber um caneco de vinho de caju, ou uma quartinha d'água, quando sempre seu costume era mandar uma cunhã levar-lhe o que desejava, ou saía a passear olhando a muralha de serras e ruminando sentimentos brabos, ou mudava bruscamente de assunto, ou seu olhar se sombreava como se anoitecesse, e vovó percebeu o ciúme de vovô, imagino que foi quando ela menos odiou dona Bárbara, porque dona Bárbara fazia o vovô sentir o que o vovô fazia a vovó sentir por toda a vida a cada instante. Mas quando veio a Guerra dos Padres, em 1817, uns seis anos depois da morte de Arruda da Câmara, quando as boas batatas deram broto, o ódio de vovó retornou. Para vovô, a política suplantava tudo, até os ciúmes, menos a afeição que sentia por dona Bárbara.

Chapéu ajardinado

Durante a viagem, parece que esquecido dos ciúmes, vovô virou naturalista. Entrava nos matos embastidos, eu atrás, ele colhendo folhinhas, gravetos e insetos, que ia espetando no chapéu de palha, onde secavam ao sol. Era curioso vê-lo caminhando na caatinga, com seu paletó tão alvo, botas altas, e aquele jardim sobre a cabeça, eu atrás, debaixo de uma sombrinha de chita, devíamos parecer um par de personagens saídos da imaginação de um romancista num país de fábulas. Ele me mostrava o que colhia, dando detalhes das corolas, das pétalas, aquela florzinha era fendida em cinco lacínias, a semente ouriçada, dava-me para eu espetar os dedos, acariciar flores solitárias e encarnadas, mostrava sinuosidades das folhas, as que serviam ao fabrico de cordas para redes, telas, cotonias, lençarias, e davam um linho muito alvo, e vovô espetava um carrapicho no chapéu. E os coqueiros, que cousa mais linda os coqueiros balouçando nas areias, calmos, elegantes, eu nunca tinha visto um coqueiro de mar, nem tantos caroás juntos, e vovô entrava nos caroazais sem medo dos espinhos, me mandava ficar esperando e retornava com umas florinhas discretas e separadas, e me mostrava: esta é a espiga, este é o cálice, esta é a corola, estes os estames, e este, o pistilo cabeçudo. Eu saía dali toda arranhada, a barra da saia cheia de formigas, mas aprendi muito com essas viagens filosóficas de meu avô pelas caatingas, mais que tudo, aprendi que o que parece ser *nada* pode ocultar belezas, e mesmo nas mais singelas regiões da terra, ou da alma, se encontra a sustentação da vida, e que qualquer florzinha pode ser ponto de partida para uma infinidade de cousas.

Parte
2

2

Abraços e tapinhas

Pouco antes do anoitecer de 28 de abril de 1829 chegamos ao Alagadiço, um dia depois da nossa tropa de mulas. Eles já nos esperavam. O padre Martiniano alegrou imenso ao receber meu avô, se abraçaram e deram tapas nas costas um do outro. Perguntou pela Semíramis, a "loura graciosa". Demorou a me ver, e perguntou se eu era a menina que tinha nascido no dia da Guerra dos Padres, era eu mesma, como eu estava grande, como o tempo passava avexado... Impressionava que ele tinha construído uma casa afastada do seu mundo, o padre Martiniano vivia numa espécie de exílio, como se magoado de tudo, ou querendo alguma paz. O padre e meu avô sentaram na sala, satisfeitos, dois amigos ao cabo de uma longa ausência, meu avô parecia o pai do padre Martiniano, tão íntimos e entretidos que nem notavam a passagem de gente, de um lado a outro, mulheres com lamparinas nas mãos, crianças chorando, correndo, ou pessoas comendo na cozinha, sussurrando nos quartos. O padre Martiniano fez perguntas sobre o Crato, o irmão, o vigário, os parentes, a Câmara, rodeou bastante até chegar a perguntar pela mãe, dona Bárbara era assunto espinhoso para ambos e ambos sabiam. Meu avô pegou a encomenda de dona Bárbara, entregou-a ao filho aflito que se levantou e foi ler, afastado, a mensagem mandada pela mãe. Voltou com uma irradiação de felicidade e alívio nos olhos, como se uma sombra o houvesse abandonado. Disse a meu avô que recebia a bênção de dona Bárbara, e vovô falou sobre a generosidade daquela mulher majestosa. Pena que dona Bárbara não estivesse ali. O padre Martiniano ansiava pela visita da mãe, ele achava que ali dona

Bárbara poderia descansar um pouco do peso de sua missão, de suas lembranças terríveis, e daria grande força e prestígio ao novo partido.

Cabeças Infames

Algumas mulheres vestiam roupas pretas, não tinham tirado o nojo, os homens levavam faixa preta no chapéu, e até umas crianças estavam de preto. Mas um preto desbotado. No sertão as roupas para luto eram mergulhadas numa tinta de lama muito preta que ficava na beira de uns riachos, as roupas daqueles Alencar tinham a sombra preta da lama do luto muitas vezes lavada, como se fossem lavando pouco a pouco as tristezas. Talvez mantivessem o luto por uma decisão política, não se podiam esquecer os sofrimentos e as perdas nas duas guerras. Os Alencar eram uma família feita de fibra, destemor, obsessão pela justiça, dizia vovô, uma *família para quem a política é uma religião*, e não aquela política adaptada às ambições, aos despeitos, caprichos, às novas adesões. Uma gente brava, marcada pelo iluminismo, pelo sofrimento, pelas perdas. Só em Vila do Sul, reduto de inimigos dos liberais republicanos, os imperiais fizeram mais de doze viúvas na família Alencar, diziam. Ele mesmo, vovô, que não era da família Alencar, perdeu a filha e terras e teve de viver refugiado para não ser morto por Pinto Madeira, acusado que vovô estava como inimigo do Império, uma das Cabeças Infames no tempo da Guerra dos Padres e da Confederação. Quando alguém falava em Pinto Madeira vovô se exaltava, perdia a fleuma e derramava todo o seu acervo de palavras recriminatórias, como *filho de uma égua*, *assassino*, *trapaceiro*, *cão sarnento*, *filho de punaré*, *facínora do sertão*... Ainda assim, um sorriso, uma risada, desabrochavam aqui e ali, era preciso continuar vivendo, esquecer, calar, renovar-se, sonhar, e acreditar que tudo ficou no passado.

O político dos políticos

A ceia foi um cordeiro de uns três meses de idade. Morto e assado num tipo de fogão de pedra, servido com farinha. Na hora da refeição não havia conversa, costume trazido do sertão, comer em silêncio, mas depois disso o padre Martiniano e vovô engrenaram novamente o assunto, enquanto fumavam e tomavam aluá, e em pouco estavam todos sentados em volta dos dois. Eles comoviam, apóstolos de uma ideia e mártires dela. Fiquei embevecida ouvindo o dissertar culto do padre Martiniano na sua batina, mesmo não entendendo tudo o que ele dizia, eu tinha só treze anos, mas já sabia da política, de tanto ouvir vovô e seus parelhos e assistir às sessões na sala livre. Discutiam a eleição do padre Martiniano como representante da freguesia de Messejana para a Câmara dos Deputados, ele tinha sido o mais votado, estava a um passo do Parlamento, e não com o pé afundado naquela areia suja do exílio e da solidão. O padre Martiniano tinha brilhado na Constituinte em Lisboa, ao lado dos maiores debatedores e oradores de nosso país, ao lado da flor dos filhos das províncias, a flor da flor, a nata da nata, e tinha brilhado muito jovem no Rio, já com esporas de cavaleiro. Debaixo daquele manto negro de tragédia uma força maior o subscrevia. Dentre uma família de políticos ele era o mais político. O padre contou que estava feliz ali naquele lugar por alguns motivos pessoais, mas com o espírito abatido, o espírito público, e disse, *Nada se pode chamar grande e estável no mundo senão a virtude*, mas meu avô o animou, disse que não cedesse aos infortúnios e recriminações: *A consciência sã é um bem, que sempre pode restar aos desgraçados, ainda quando tenham errado nos meios, e ela basta para sustentar a dignidade do homem. Consola-te no teu retiro, e dispõe-te outra vez a servir à pátria.*

Estufa de fanados

Quando depois da Confederação o padre Martiniano foi para Messejana, onde já possuía terras, e ali construiu o Alagadiço, convidou todos da família que quisessem se reconstituir, fossem para lá, uma estufa de Alencares murchos postos a reflorir. Levou a família de dona Ana Josefina, mas dizem que a mãe de dona Ana Josefina se vexou quando viu a situação e foi embora, maldizendo o sobrinho: mulher de padre era burra sem cabeça ao tilintar das cadeias que arrastava. Havia mais de quarenta parentes do padre Martiniano vivendo no Alagadiço Novo, entre cunhados, tios, sobrinhos, afilhados e mais almas que se reuniam pela morte dos parentes. E ainda as visitas, que eram meu avô, eu e uns políticos que tinham vindo para a fundação do novo partido, o padre era bom para fazer amigos, para convencer e converter. Os homens dormiam em redes que armavam debaixo das árvores do terreno, ou em ranchos de palha. As mulheres, todas dentro da casa. E me levaram para armar minha rede num quarto que era rede por cima de rede, recendendo a um aroma penetrante de mulheres e urinas. Quem cuidou de mim foi a irmã de dona Ana Josefina, a dona Brasilina. Ela me deu um bacio para eu botar debaixo da rede, disse que o banho era numa bica, perto da moradia dos caseiros. E me entregou uma toalha branca e perfumada, embora com uns rasgos. A toalha era engomada e tinha, ainda, o monograma de seu antigo dono, cousa de gente rica e refinada. Para quem provou da riqueza, a escassez dói muito mais.

A filha do mártir

Só no dia seguinte vi a dona Ana Josefina. Ela ainda estava de luto pelo assassinato do seu pai e seu irmão confederados. Devia ter pouco mais de vinte anos de idade, era vivaz e quase bonita, pelo menos tinha aquela beleza chamada *juventude*, e a dignidade de uma filha de mártir assassinado. O sofrimento embeleza, dá esteio. Ela estava de barriga, uma imensa e pontuda barriga de nove meses que não ostentava, nem escondia, apenas levava como se fosse um avental. Dona Ana Josefina estava numa cadeira perto da cabeceira da mesa onde sentava o padre Martiniano, que a todo instante a olhava, dava uma palmadinha em sua mão e sorria. Ela ficava séria, mas correspondia à carícia do padre com um olhar intenso. Servia o prato dele, demonstrando intimidade. Vez em quando ela acariciava a barriga, afagando o rebento. E havia uma formidável força no seu olhar, na sua presença, no seu silêncio e em cada gesto seu. Enterneciam-me os seus olhos, de pestanas compridas que subiam e desciam no tempo de um monjolo. Eram olhos que às vezes se perdiam, viajando para dentro da recordação, e se turvavam. O povo tomava o desjejum, servido sobre uma mesa de tronco, debaixo das mangueiras: garapa de rapadura, cuscuz, tapioca com manteiga de nata, um bule de leite para as crianças, tudo em louça de barro e sem talher, feito casa de pobre.

Desjejum e veneno

Uma criada apareceu com os queijos que vovô trouxe do sítio, e rumas das afamadas rapaduras do fabrico de Pereira Filgueiras, e umas garrafas de manteiga da terra e uma caixa de doce seco. Vovô tinha trazido também uma manta de charque, umas cartelas de açúcar de cana, canela, gengibre, um saco de arroz, um de feijão, um de milho, um de farinha fina. E trouxe um estojo de prata e um saquinho do rapé que o padre apreciava. Se vovó soubesse do gasto de vovô com os presentes para agradar o filho de dona Bárbara, nem sei o que fazia. Desde a Guerra dos Padres nossa família penava uma situação. Quando vovô se decidiu à vereação, melhorou um pouco, mas não tínhamos mais tantas rendas dos sítios. Antes de meu nascimento meu avô era um homem rico. Verdade é que era dos mais ricos, em terras, ovelhas, cavalos e vacum, sendo a sua principal atividade comprar animais para recriar e vender bois erados, tendo *uma contabilização de sua fazenda em tal ordem que nada ficava a dever às escriturações usadas pelas casas comerciais*. Os conservadores acabaram com sua fazenda e tentaram acabar com ele e nossa família. Incendiaram os sítios, casas e plantações, apresaram o gado e os rebanhos, tomaram posse das terras, que vovô ainda lutava nas barras da justiça para reaver. Mataram meu pai, minha mãe, e só não mataram vovô porque era da família Madeira, e a mim e Semíramis, porque Tebana nos escondeu dentro de um forno de olaria. Tebana levou dois tiros, mas não morreu. Eu não entendia como vovô ainda conseguia conviver com os corcundas na Câmara. Minha vontade era atirar neles, de um em um, com a velha lazarina de caça.

O sainete do fruto proibido

O padre Martiniano estava debaixo de umas regras da Igreja, depois da Confederação ele pediu licença para exercer o sacerdócio, e deram, mas não podia confessar mulher alguma que não fosse enferma ou menor de dez anos, sem ser em confessionário, e com grade interposta entre si e a penitente, quer dizer, desconfiavam de quando ele ficava perto de uma mulher na ativa, até com uma senhora de sessenta ou setenta anos lhe era vedada a intimidade da confissão sem grade, mas quem sabe isso era regra para a maioria dos padres. O Alagadiço ficava a três léguas de Fortaleza, com estrada ou enlameada ou empoeirada, esburacada, a capela mais próxima ficava a meia légua, em Messejana, e a família do padre Martiniano era muito grande, não tinha como ir toda para a vila assistir missa, sendo muitas as senhoras de idade, então ele pediu para celebrar em casa, com altar portátil, para o consolo espiritual da família. Alegou que estava pobre, a família tinha perdido tudo nas revoluções: terras, casas, animais, valores. Não havia seges, cavalos nem mulas bastantes, nem carroças para tantas pessoas. O bispo deferiu que por dois anos o padre Martiniano rezasse missa, mas em altar próprio, e não em mesa comum. Mais um problema, pois não tinham dinheiro para fazer altar apropriado, e arrumaram uma mesa debaixo das mangueiras, as mulheres rebordaram uma toalha e ali ficou sendo o altar, cheio de folhas secas e binga de morcego, onde o padre Martiniano rezava missa e pregava seus sermões mais políticos do que religiosos. Na hora da missa, que era todo dia às seis da manhã, vinha gente de fora assistir, tanto gente rica de Messejana e dos sítios vizinhos, como das taperas ali por perto, que vinha a pé, ou numa mulinha, ouvir o padre Zé.

Sermão de político

Na missa de quinta, padre José Martiniano aproveitou o sermão e empurrou o discurso. Rememorou seus martírios e os de seus parentes, as dores de serem algemados, acorrentados uns aos outros pelo pescoço, como se fossem criminosos, levando pedradas e apupos nas vilas por onde passavam, léguas e léguas de humilhação, depois apodrecendo nos cárceres baianos, sem ar, sem luz, sem banho, esperando a pena de morte, na mais fria de todas as solidões, carregando continuadamente na ideia o *terrível quadro de horrorosos, bárbaros, e injustos assassinatos* praticados em tantos de seus mais próximos parentes, ele sabendo que dona Bárbara estava presa numa cela ao lado, sem poderem se falar, e eis que tinham razão: aí estava a Independência gritada pelo próprio filho do rei. O padre Martiniano reclamou das Cortes de Lisboa, não passaram de uma arapuca que pretendia manter o Brasil sob o jugo colonial, diziam os portugueses que os deputados brasileiros eram de uma *terra de macacos, bananas e negrinhos apanhados na costa d'África*, contou como foi sua fuga para a Inglaterra insinuando-se numa fragata britânica, depois sem poder voltar ao país, falou das saudades da terra, do sentimento de exílio, das saudades da mãe e dos irmãos, e como foi eleito para a Assembleia Nacional Constituinte sem pôr os pés no Brasil, arrancando risadas dos fiéis, e voltou eleito, e gritou, *Não temos que temer o povo, ele é o nosso apoio!*, quase foi aplaudido, mas não se podia aplaudir sermão de padre. A Constituinte Nacional também era uma farsa, dissolvida pelo imperador, e foi novamente preso o padre Martiniano. Quase engasgou quando falou na morte dos irmãos, e nos horrores que prevaleceram na guerra de 24. Histórias que eu conhecia, cada qual com sua versão. No fim, falou mal do rei, que não tinha pudores para gastar com bailes, viagens, mantos e cousas mais levianas, mas nada aproveitava em socorrer as cidades e vilas do Brasil, nunca repartia os contos pelas províncias. *Amém*, e fomos ao alambique, saía uma cachaça digna de fazer brinde ao novo partido.

Dia de solidão

Caminhei a esmo pelas areias do Alagadiço, estavam marcadas pelas garras de um ancinho que andou juntando folhas secas, havia montinhos de folhas secas ali e acolá, mas novas folhas secas caíam, num incessante arrumar e desarrumar das cousas. Areias mornas por cima e frias por baixo, macias e alvas. Tirei os sapatos, dava prazer pisar na areia, mas logo lembrei que debaixo de cajueiro costuma dar bicho-de-pé, calcei, às vezes é melhor não conhecer o mundo, para gostar dele e viver o que a areia oferece, o que a vida oferece, descalcei, afaguei as cascas das árvores, umas macias, umas ásperas, como as pessoas, macias feito Semíramis, ásperas feito eu, mas aquela árvore corticenta dava frutos doces, e umas suaves davam frutinhas azedas, e isso me fez uma nova filosofia. Fui até o engenho onde uns cafuzos mexiam tacho, um cheiro bom de melado, deram-me uma caneca e verti para dentro aquela calda doce e quente, lambi os dedos, agradeci e eles riram, *Onde já se viu sinhazinha agradecer?* Fui então para o tanque de banho, lavei a boca, as mãos, meti os pés na água morna, limpinha, um fundo de areia se via em dourados de sol, caminhei pelo regato, turvando a água, pisei em pedras frias, pedras quentes, a vida dava tantas novidades, de qualquer miudeza se podia tirar notícia, ouvi risadas, avistei as pessoas de longe, todas entre si, a rir, falar, fazer gestos, e eu me metia a ficar só.

Afagando os bigodes

Chegou o dia da reunião do novo partido. Estavam no Alagadiço homens de muitas vilas, freguesias, até capitais, todos eles políticos entusiasmados com a criação do novo partido. A frase de Semíramis ecoava no meu pensamento, enquanto eu olhava de um em um aqueles políticos chegando nas suas mulas e cavalos e seges, quem sabe eu ia encontrar *alguém* no Alagadiço Novo. Lá estava o padre Martiniano discursando aos políticos, toda a plateia magnetizada, e eu olhando de um em um, só vendo seus defeitos: um era gordo demais, um atarracado, outro tinha a cara redonda feito a minha, um era pálido, quase verde, um era decrépito, um era vaidoso, olhando para os lados para ver se alguém o estava olhando, todos muito mais velhos do que eu. Sobravam três, na minha semelhança de idade, mas um deles ficava olhando as moscas, o outro parecia uma poça de melancolia, e o outro era cinzento feito um graveto queimado. Eu examinava as reações dos políticos, um afagava o bigode, sentencioso, um coçava o queixo, desconfiado, um tinha os olhos acesos de arrebatamento idealista, nenhum estava distraído. Meu avô escutava o padre Martiniano, crente, alisando as pontas do bigode. Eu gostava da política, das velharias, dos homens vetustos que falavam latim e por vezes riam, tomavam cálices de licor, aqueles homens de roupas pesadas e negras, que balançavam os pés, ameigavam as barbas e os bigodes. Esse povo dos palácios, acostumado a banquetes com talheres, copos de cristal, bandejas de prata obtidas no Porto e serviços de porcelana dourada. Dizia meu avô que nos banquetes do palácio *das toalhas escorria vinho, eram as bebedeiras tais que os convivas saltavam para cima da mesa e furibundos e sapateando e bebendo quebravam pratos, copos, garrafas e tudo quanto lhes ficava pelos pés, engatinhavam no chão, derramavam suas náuseas nos decotes e lós das senhoras*. A lei deles era bárbara, como a moral e as razões, sempre abriam a porta aos crimes, e matar era honra, *Quem não tiver avô que matou ou foi morto, levante o dedo.*

Merendas de Ana Josefina

Enquanto os homens tramavam o novo partido, caseiras serviam merendas. Provei a delícia suave do creme de buriti preparado por dona Ana Josefina, bebi as águas de coco verde mandado abrir por dona Ana Josefina, aquela jovem senhora, meiga, determinada, o *favo da jati* não era doce como seu sorriso, e mesmo com a barriga imensa ela ia de um lado a outro ordenando as merendas e tudo o mais, e dizem que nem era seu primeiro filho, haveria outro, escondido, mas acho que era fala de gente desocupada. As mulheres ficavam na cozinha, entremeando falas políticas com crochê e *Saint-Clair das ilhas*, o romance, comentando as maldades de um vilão e as lágrimas de uma heroína como se fossem pessoas de sua família. Eu comia o creme de buriti em colheradas e as escutava, quando percebi que umas mulheres se retiravam para a casa de morador, uma casa pequena e afastada, com janelas de treliças azuis, corriam de uma casa a outra com panos e chaleiras quentes, e naquele dia, o primeiro de maio de 1829, dona Ana Josefina encerrou-se no quarto e ali, quase sem um grito, sem um choro, decerto com as entranhas laceradas de dor, estreitou-se ao catre suado do trabalho e logo o choro infantil ecoou. Nasceu o Cazuzinha.

O tipo de choro

Os meninos quando nascem, choram, mas aquele menino, o Cazuzinha, dava gritos agastados e não choros, estava mais exasperado do que dolorido com o nascimento, era impaciente, irritadiço, impetuoso e dominador, foi o que logo me ocorreu quando ouvi seus primeiros gritos. Quando vi seu rosto, depois, era bem diferente do que eu tinha imaginado: um menino calmo, dócil, meigo, de olhar atento, parecia já estar enxergando. Tinha as pestanas imensas. Os mesmos olhos da mãe. Não sei como, ele me fazia recordar a avó, talvez a autoridade, escondida nos halos. E nada de choro. Não teve ama de leite. Quando queria mamar, dava um grito irritado, e logo a mãe corria, ele se calava e mamava. Mandava na casa. E acho que já sabia disso.

Um destino passo a passo

Passados os sustos da chegada, me ocorreu uma lembrança: a caixinha de Semíramis. Fui ao quarto onde estavam minha rede de dormir e minha canastra, retirei dali a caixinha, uma tesoura pequena de costuras, e saí, procurava um lugar calmo e silencioso para aquele momento solene, e fui até a sala da casa de morador, o lugar mais quieto, onde havia apenas duas cadeiras de palhinha, a janela semicerrada. Abri a janela, entrou um raio de luz, sentei, respirei fundo e cortei as fitas. Abri a caixinha, com o coração apressado. Lá dentro havia uma folha de papel, apenas isso. Um mero papel. Retirei-o, guardei a caixinha no bolso e o desdobrei. Estava escrita uma mensagem com a caligrafia delicada de Semíramis, dando instruções: quatro passos em frente, dois passos à direita, doze passos à esquerda, e *o que você encontrar será o seu destino*. Dei quatro passos em frente, dois à direita e doze à esquerda e quando vi, estava diante do berço de Cazuzinha.

Páginas ao acaso

Como minha irmã é tola!, pensei, e se eu desse com um pé de manga, ou com um cabrito, ou com um coco partido? Na certa imaginava que eu ia estar no meio dos políticos e ia dar de cara com um deles, Semíramis e suas traças de enganar... Quando tinha alguma dúvida e não sabia responder, quando não sabia que fazer ou que decisão tomar, Semíramis não procurava conselhos com vovô ou vovó, nem com Tebana que era a nossa conselheira e confidente. Semíramis pegava a *Missão abreviada*, o maior livro de sua vida, fechava os olhos, e abria o missal. A página que desse, era onde estava a resposta. Claro, sempre encontrava a resposta que queria, interpretava exatamente aquilo que ela estava almejando, porque tudo pode ser interpretado a partir das palavras, embora as palavras *nos iludam e falem por si sós, traindo-nos*, e agora, com a confirmação divina do verbo sagrado. O que aconteceu, então, foi que olhei o rosto do neném no berço, olhei de outro modo, ele estava acordado, mexia os bracinhos, e mesmo sendo um recém-nascido o menino virou os olhos para mim, como se me enxergasse. Um olharzinho que me fez derreter o coração. Nem sei quanto tempo se passou ali, eu olhando o menino, quando senti a mão leve de uma mulher pousando em meu ombro, era dona Ana Josefina, e ela disse, *Já, já, vais ter o teu.* Saí feito uma sonâmbula, agastada com a insolência de Semíramis querendo influenciar o meu destino por meio de seus fetiches.

Cartas do baralho

Esfinge, deusa alada, rainha da Ásia, Vênus, Afrodite, Semíramis nos enfeitiçava. As feiticeiras, dizia o padre Simeão, parecia que descrevendo Semíramis, eram de extrema beleza, olhar vertiginoso, mulheres que usavam de artimanhas, mas só conseguiam iludir as pessoas fracas, incutindo-lhes pensamentos. Incitavam o desejo da concupiscência e fomentavam o fogo da espera, o rosto delas passava a habitar nossos pensamentos e feria nosso peito com uma dor secreta. Vestiam túnicas de ouro, campainhas, anéis e cadeias também de ouro, e o teatro das suas consultas era qualquer, aspiravam, suspiravam, tonteavam, faziam trejeitos e produziam visagens, inspiradas respondiam a tudo, saindo sempre vencedoras, e recebiam um poder dos pensamentos ocultos para provocar discórdias, fazer casamentos infelizes, desfazer amores, predizer aos nascidos, desvirginar, causar vertigens. Mulheres nervosas e levianas, que *encobrem o veneno do encanto*, segundo santo Agostinho. Cousas do padre Simeão, que semeava em nós seus próprios temores vindos de outros povos, ligando nossas vidas a lendas passadas e esquecidas. Para ele, só o cristianismo podia salvar o mundo de tantas cousas pagãs. Falava mal dos ciganos com suas leituras das mãos, tirando induções de sua disposição de que no cruzamento das linhas estava o presságio. Semíramis consultava com as ciganas que a abordavam à janela, ou na porta da igreja, e minha irmã lhes dava sua delicada mão, quase sem traços, sempre lhe diziam que foi antigamente uma rainha. A linha da vida, curta e sinuosa, cortada de traços, e a linha do amor feita de ilhas. Nem cobravam nada dela, porque Semíramis agia como se concedesse um favor às ciganas pegarem em sua mão.

Semíramis encomendou ao padre Simeão um baralho de cartas, e ele quis recusar, mas não sabia dizer *não* a sua feiticeira. Trouxe o baralho, e ainda aprendeu a botar as cartas.

Passeio em Aquiraz

Vovô fez questão que fôssemos até Aquiraz, ficava ali perto, e ele queria me mostrar cousas de sua infância, porém o passeio parecia mais para ele mesmo. Aquiraz era uma vila antiga, erguida sobre a esplanada de um vasto combro de areias, parada, com pequenas casas de comércio e uma igreja alta que vovô ajudou a erguer carregando barro com suas mãozinhas e socando conchas do mar. Fomos visitar o seminário dos jesuítas, onde vovô foi deixado pelos pais, quando menino pequeno. O seminário era apenas uma ruína, sobravam uns portados de cantaria, adornos em relevo, *Ali era o dormitório, ali o refeitório*, acolá ele aprendeu a ler, escrever, músicas, pontos em latim, poesias líricas ou religiosas, vovô se aborreceu ao ver que arrancaram os esteios de aroeira, o teto, os ornamentos, as imagens, as mesas, os sinos... o chão estava esburacado, e vovô me explicou a crença das pessoas que cuidavam haver tesouros enterrados pelos jesuítas antes de sua partida. Os padres foram expulsos dali em 759, havia exatos setenta anos, era noite de Natal quando o seminário foi cercado por tropas apontando carabinas, pregaram um *satis protervum* na porta, os padres foram presos e levados para Recife, depois nada se sabe. Vovô chegou a marejar os olhos quando vimos um tanque nativo cercado de laranjeiras, onde ele se banhava depois das aulas. Em seguida fomos visitar os vereadores, a câmara deles era um pardieiro, de telha-vã, e vovô conversou com um velho amigo, o senhor Franklin, ficaram falando de política, do novo partido, de tramas republicanas. Na saída vovô parou diante de uma esquina e disse, com a voz embargada, *Ali eu vi a minha mãe e meu pai pela última vez e para nunca mais.* Nunca tinha visto vovô tão sentimental.

Mulher-feita

Demoramos a voltar para o Crato, esperando descerem as águas do Jaguaribe, que, disseram, alagou até a verga das janelas das casas. *Como estás mudada!*, disse Semíramis me abraçando e beijando. Não sei se eu estava mudada tanto assim, mas Semíramis estava. Parecia mulher-feita e comprovada. A casa estava mudada, Semíramis havia trocado todos os móveis de lugar, como costumava fazer, era uma de suas manias renovadoras. Dei-lhe o presente que comprei na viagem: um lenço ainda no bastidor, perfeitamente trabalhado e de bonito desenho com umas flores silvestres e aves coloridas. *Parece mais contigo*, Semíramis disse, deixando de lado o presente. Ela contou-me o que aconteceu na nossa ausência, tinha umas roupas novas, uma saia de seda furta-cor roxa e verde, camisa fina, transparente, cheia de crivos, entremeios, rendas, babados, fez muito calor e as moscas importunaram. Os cajueiros floriram perfumados, choveu a contento, fizeram doces e vinho de caju. Aconteceu a visita do filho de um juiz de direito que foi conversar com vovó, mas de olho em Semíramis, ele levou um cesto de marangabas de seu sítio, presente mais sem graça. Semíramis foi à igreja só aos domingos, a missa estava sempre cheia de pardas e mamelucas que ficavam olhando para ela, teve dor de garganta, passou uns dias deitada na rede, triste, a suar, foi quando mais sentiu saudades de mim e do vovô. Dois homens se esfaquearam numa questão de rua, um deles morreu. Foi ao teatro com a permissão de vovó, acompanhada de Tebana, mas não ficou até o fim porque não valia a pena, o teatro estava muito escuro, ela ficou numa das galerias para senhoras, e ninguém ali se vestia com destaque. A procissão foi como sempre, sete andores, anjos com saiotes verdes, muito povo. O leilão, como sempre: os objetos arrematados pelos rapazes da vila eram quase todos oferecidos a ela. Mostrou-me um broche de cristal que um rapaz lhe deu.

Passos húngaros

Semíramis estava a seduzir um professor particular de música, quando apareceu na vila um deputado geral e advogado, homem mais velho, que ficou hospedado em um sobrado do tenente-coronel Pequeno Júnior, e se enamorou de Semíramis assim que botou os olhos nela, minha irmã se aborreceu, mas ele era rico, um verdadeiro *cofre de ferro* topetado de *bilhetes de tesouro* e letras de câmbio e duzentos e cinquenta contos de réis em cada bolso, e vivia no Rio de Janeiro, e o Rio de Janeiro era o sonho maior de Semíramis. Ela o conheceu num sarau, na casa do doutor Brígido e dona Angelua, estava reunida a gente graúda da vila, uns homens bem trajados e senhoras vestidas com simplicidade, a ouvir piano, conversar, trocando olhares e comentários, tomaram chá com bolinholos. Dançaram quadrilhas, o professor de música executou um passo húngaro, querendo se mostrar para Semíramis, e o deputado não tirava os olhos dela. Chamou-a para uma contradança. Ela negou.

Lira para Semíramis

Chamava-se Calixto, e uns dois dias depois apareceu em nossa casa, perguntando por vovô Manuel, querendo tratar de assuntos da política. Ficou surpreso ao ver Semíramis, ou fingiu surpresa, como num reencontro casual, mas minha irmã achava que era tramado. Decerto dona Angelua tinha passado o relatório de Semíramis: órfã dos pais, neta de vereador liberal herói da Guerra dos Padres e da Confederação, prendada, admirada, disputada, ainda sem compromisso formado e na idade de casar. Ele era viúvo, sem filhos. Semíramis não desgostou da figura de Calixto, de cabelos grisalhos, suíças longas, olhos curiosos, vestido como o povo da capital, roupas muito elegantes e sedosas, mas um tanto quentes e ele suava sem parar, enxugava a testa com um lenço rebordado. Chapéu, bengala, charuto aceso. Cheirava a tabaco, era grave, sisudo e morigerado. Citava Voltaire, sacava argumentos da algibeira, seduzia com quadrinhas de José Anastácio: *Ouve Semíramis, a minha lira...* Na segunda visita ele levou uma pulseira de ouro para Semíramis, que ela me mostrou, com uma correntinha e um brilhante. Calixto se foi para o Rio e passou a escrever cartas quase diárias que chegavam em pacotes pelo correio, com retratos, cheiros, luvas, xales preciosos, véus, seduções de toda espécie. As cartas, li algumas, mostravam uma intimidade que me encheu de suspeitas, começavam com *Minha boa e querida Semíramis*, *Minha doce Semíramis*, *Minha terna, minha doce amiga*, *Acolhei em vosso coração os ternos respeitos da pura amizade que sinceramente vos prosterna o vosso fiel amante*, falavam de uma vida agitada e festiva no Rio, cartas repletas de expressões cultas, mesmo em outras línguas, como *Forget me not*, mimosa *étagère*, ou *ex digito gigans*, e terminavam com *Seu, sempre seu, Calixto*. Culto e fluminense. Viajado. Europa, América, Ásia. Era protetor, seguro de si, emanava dele um calor viril, disse Semíramis.

Semíramis apaixonada

Foi quando vi Semíramis apaixonada, pela primeira vez. Pela primeira vez, vi que estava fora de seu próprio controle. Ficava deitada na cama abraçada a um livro que não conseguia ler, os olhos iam para as telhas, de repente se levantava num ímpeto e ia ao piano, dedilhava umas notinhas soltas, cansava, fechava o piano e ia para o quintal, voltava, suspirava, padre Simeão dizia que o suspiro tinha sua origem na flor de jacinto, a flor nascia de uma poça de sangue e em suas pétalas estava escrito, *Ai!* Era em *ais* que Semíramis vivia, não se interessava em ir à janela, nem mesmo quando ouvia patas de cavalos, não queria ir aos saraus nem aos atos na igreja nem ao teatro, não recebia visitas dos rapazes, que ela tanto adorava, e nem ia escutar as serenatas, andava de um lado a outro, em silêncio, prendia os cabelos, soltava-os, experimentava uma roupa depois outra, nenhuma lhe agradava, depois pedia alguma cousa a Tebana, para comer, mas não comia, esquecia suas linhas pela casa, passava o dedo polegar nas unhas, volteava a forma dos lábios com a unha como se estivesse planejando cousas, ensimesmada, sem me dizer nada, deixando-me em aflições constantes, ficava horas a se olhar no espelho de prata, como se consultando, sei que pensava em Calixto, sei que aguardava suas cartas, pois quando ouvia a chegada do correio ela ruborizava e se embrulhava no xale, ia ela mesma ao correio e voltava afogueada. Relia as cartas, às vezes ia perguntar ao vovô o que significava tal palavra estrangeira, *Vosmecê sabe o que é fashionables? Vosmecê sabe o que é vis-à-vis?*, ou mesmo alguma palavra difícil da nossa fala portuguesa, *Vosmecê sabe o que é hipérbole? Vosmecê sabe o que é Parnaso? Noir*, prólogo, *voulez vous*, *hatchis*, *dilettanti*, Holofernes, *trop fort*, incógnita, byronismo, *larmoyeur*... Comigo, Semíramis só falava em Calixto, ou melhor, no que Calixto dizia do Rio de Janeiro, e percebi: ela estava apaixonada pelo Rio de Janeiro. Não demorou um ano e casaram.

A aura de padre

Era a minha vez de casar. Mas tudo o que eu sabia de homem era o perfume de batina, desde menina, quando senti o cheiro da batina de um padre novo que andou uns tempos pela vila e mandava seus hábitos e alvas a lavar e engomar em nossa casa, um odor de cera de vela e óleo de copaíba e fumaça de turíbulo, misturado com suor de homem. Quando vinha o padre Simeão a nossa casa eu respirava fundo, tentando lembrar aquela sensação de prazer masculino, e uma vez ele me pegou cheirando a barra da sua batina, se assustou, entendendo o meu devaneio. Mas o cheiro da batina do padre Simeão era diferente e não me dava aquela mesma tontura lasciva da lembrança de menina. Era só cheiro de mofo, poeira e suor de jumento. Tudo na vila girava sob o bafejo de padre. Todos os costumes tinham de ser conhecidos e aprovados pelos padres. Mulheres lhes levavam bandejas de doces, biscoitinhos, bordados, flores, cestas de limas verdes, prendas... Faziam tudo para agradar. Não falo isto para defender dona Ana Josefina, mas no interior quase toda mulher tem uma queda por padre. Até padre Simeão tinha suas admiradoras, mesmo tão gordo e pesado, de pouca altura, mas boa conversa, chistoso, cultivado, olhos faiscantes. Assim que desmontava sua mula, moças o cercavam. Ele reclamava que umas beatas de xale o tocaiavam na sacristia para consultar dos pecados, se ajoelhavam e agarravam as suas pernas, ou na confissão lhe contavam *detalhes* que ele não queria escutar. Havia um padre que andava à paisana, pérfido e vanglorioso, olhando as moças, e outro padre que entrava na matriz, deitava na mesa da sacristia sua garrucha, seu punhal e cartucheira, paramentava-se, subia ao altar-mor e dizia missa, arrancando suspiros das moças. Em 23 expulsaram um padre que botava a sobrinha no altar do orago e levantava as saias dela para lhe dar beijos nas pernas. Padre é homem.

Vaqueiros

Eu conhecia também os vaqueiros, eram honrados, um pouco tristes de modos, nunca os vi sorrir, os cabras mais corajosos, tenazes, resignados, todo dia em seus ternos de couro à procura das vacas amojadas, levando reses para o curro, afagando os bezerrinhos tenros, castrando, serrando chifres, assinalando com ferro quente, sempre cumprindo suas tarefas dia a dia, ou montando como se tivessem asas, rápidos como onças, eu via aqueles cabras magros e angulosos, os joelhos fincados no animal, o torso colado no arção, as perneiras justas subindo até as virilhas, cabras de uma audácia heroica, eu ficava de longe ouvindo seus aboios, eles sentados na cerca do curral aboiando longo e vagaroso, nunca troquei palavras com eles, vaqueiro não é de conversa com mulher, inda mais filha de potentado. Quando Semíramis estava por perto eles ficavam tensos, agitados e tomavam um gosto de ostentação, dando os seus passos e saltos mais ensaiados, cousa sutil, mas Semíramis os desprezava. Eu não tinha coragem de fazer o que Semíramis fazia com a maior naturalidade. Ela chegava bem perto deles, soltava os cabelos, vaqueiro tem doidice por cabelo solto, sem nenhum acanhamento pedia para calçarem as suas botas, para a ajudarem a montar no cavalo, e eles a seguravam pela cintura, com suas mãos calejadas e úmidas, ela se apoiava na nuca deles, nas costas, nos ombros, sem medo de despertar seus instintos. Eu ia assistir à ordenha do leite, cousa mais provocadora, as mãos habilidosas deles amaciando as tetas das vacas, eu bebia aquele leite mungido morno e lambia a boca. Tudo distante e calado. Isso era o homem para mim.

A ordália incuriosa

Vovô entrou em casa trazendo um rapaz assustadiço, que apresentou como Decarliano, uns bonitos olhos verdes mas olhar labiríntico, e apresentou como meu noivo, já estava tudo combinado com a família dele, a nobre família dos Arnao misturada a um pouco de sangue Alencar, e eu ia morar na Bahia. Fiquei parada, muda, anuviada, e com repulsa de vovô, que não me perguntou nada, nem me avisou. Expulsava-me de minha casa numa aliança política em que eu era o artigo e a cláusula. Parecia que tinha escolhido tudo o que era preciso para fazer uma média comigo: se eu era feia o noivo era belo, se eu era redonda ele era comprido, se eu era atenta ele era inconsiderado, eu era baixa e ele alto, eu era viril e ele delicado, tudo me era o oposto, eu determinada e ele, hesitante, eu segura e ele, desamparado e foi o que mais simpatizei nele, meus estudos foram as primeiras letras e ele era formado bacharel em Recife, com muitas leituras, o que também lhe fez favor, eu era franca e ele, dissimulado, eu entusiasmada e ele mortiço. Decarliano não disse uma palavra, ficou a me olhar com seus olhos dardejando raios verdes, e eu disse ao vovô, na frente dele, *Vosmecê me desculpe, mas não caso*. Vovô quase não acreditou. *Está a brincar? Que diz?* Mandou que eu pesasse bem, fosse para o quarto e refletisse, eu nunca havia lhe dado um desgosto, e não era agora que ia ser a primeira vez, num caso tão somenos como um casamento, era casar, e pronto, a vida acertava os dias. Eu repeti, bem pausadamente, *Não caso.* E vovô ficou vermelho, quando se enraivecia ficava feito um touro, as narinas bufando, abrindo e fechando, perdia as rédeas e tomava a vergasta, e ele disse, *Casa debaixo de trabuco, nem que seja vestida de preto.*

O néctar dos beijos

Joguei-me aos pés de minha avó, chorei aos seus joelhos, supliquei para que convencesse vovô a desistir daquela pena, beijei suas mãos, mas vovó disse que o casamento dela tinha sido assim, lhe repugnava o noivo republicano e jurava que o ia esfaquear de noite, desgraçar a sua existência, mas desde a primeira cena de carícias tinha virado ao avesso, perguntou se eu sabia o que era que os casados faziam na alcova, eu disse que sim, era como os touros que cobriam as vacas para dar novilho, e os garanhões nas éguas, uma cousa de animal, mas ela disse que havia um amor, entre homem e mulher, que nascia daquela intimidade, o beijo era um néctar que ia se derramando nas entranhas e aquecendo, o abraço um enlaçar de maciez que dava aconchego, e havia langores, tremores, o aroma da respiração, murmúrios aos ouvidos, palavras em fogo, secretas, arrepios, o peso de um homem era leve e a opressão dava gozo, a força do homem parecia que se atravessava na mulher, uma lança em batalha de roçados, e depois disso não era mais a cabeça quem mandava no corpo, mas o corpo na cabeça, e o corpo da mulher havia sido criado por Deus para receber amor, e o do homem para dar amor, depois, todas as escorralhas da vida vertiam gota a gota nas lágrimas.

Amor de igreja

E veio o padre Simeão falar-me do casamento, encomenda de vovô. Começou, claro, falando na Semíramis, a rainha da Ásia estava casada, a pomba luminosa casou-se com um homem escolhido por meu avô que só queria o bem das netas, e Semíramis estava completa, radiosa, não estava feliz? Pensei cá para mim, a Semíramis namorou o Calixto escondida e iludiu o vovô, fazendo com que ele achasse que era *dele* a escolha do noivo, e se ela desse um *não*, vovô ia entender, Semíramis sabia dizer *não* parecendo que dizia *sim*. A vida, disse o padre, era um contraste, Píndaro chamou-a *o sonho de uma sombra*. O amor não contava no casamento, nascia depois, procedia do coração puro, da boa consciência e da fé não fingida, a filha desobediente não passava de uma injuriosa, era dever das mulheres ouvir em silêncio, porque primeiro Deus criou o homem e depois a mulher, para obedecê-lo, o homem não foi enganado, mas a mulher enganada caiu em pecado, a salvação das maliciosas estava em dar à luz filhos, em sobriedade na fé, no amor e na santificação, como a bela Semíramis, moderada, inimiga das contendas, governando a própria casa, tudo o que Deus criou é bom, disse o padre, não havia *nada* que rejeitar, se eu não casasse, um dia a velhice ia me surpreender como um ladrão, e eu ia estar sozinha. Fizesse morrer a minha natureza terrena, a impureza, a paixão, os perfumes enganosos, as idolatrias, e me despojasse da ira, da revolta, da rebeldia, da maledicência, das palavras duras que andavam na minha boca, ou eu ia sentir o que era a necessidade. Mandou-me ler O Cântico dos Cânticos para saber o resumo da matéria. Vovó se admirou, disse que o padre Simeão estava a sugerir transgressões. *Este padre é o trasgo do Cão!*

O Cântico dos Cânticos

Dizia o padre que Salomão tinha setecentas mulheres e trezentas concubinas, e as mulheres perverteram seu coração, mas ao mesmo tempo era o homem mais sábio do mundo. No Cântico tudo me fazia lembrar Semíramis, faces formosas, pescoço com colares, olhos das pombas, um *ramalhete de mirra entre os seios*, era Semíramis o *lírio entre os espinhos dos vales* a *desfalecer de amor*, a *rosa de Sarom*, uma mulher nascida para amar, adequada, lânguida, entregue, mas eu, cheia de pudores, vergonha de meu corpo, só tinha medo do amor. A mulher de noite busca o homem em sua cama, ele tem pernas de colunas e ventre *alvo como marfim* e *coberto de safiras*. Quando eu excursionava até o Sossego e passava pelas levadas do rio, via homens nus se banhando no poço da Escada, sentados nas pedras, debaixo dos sombrios ingazeiros com suas flores brancas ou vermelhas, nenhum deles tinha pernas de colunas nem ventres alvos como marfim e cobertos de safiras, raro algum que despertava lascívia só com a vista de sua nudez, eles ficavam conversando, como se estivessem vestidos, sem pudor, ou corriam uns atrás dos outros em batalhas de sementes, levantavam explosões de gotas prateadas, em brincadeiras de meninos, urinando nas unhas-de-gato, espantando boieiras, libélulas. Homens comuns que não apareciam nos poemas de amor. E o verso vai cantando os cabelos, os dentes, os lábios como um fio de escarlate, desce aos seios, *dois filhos gêmeos da gazela*, um louvor aos amores, aos encontros no leito, aconselhando a bebida, *Bebei fartamente, ó amados!* A mulher despe a sua túnica, o amado mete a mão pela fresta da porta, as entranhas dela estremecem de amor por ele... me emocionei, senti, me inspirei para o amor, mas fiquei pensando, era com o Decarliano que eu ia passar as noites nas camas de mirra? Amor impuro? Casar, não casar... um mais um, três.

O amor sertanejo

Puro era o amor vaqueiro, eu via nas cantigas, os vaqueiros gravavam na areia os nossos olhos e os comparavam com malacacheta em noite de lua cheia, suas cantigas falavam de colos brancos como algodão parecendo a beleza das garças, e se adivinhavam o resto do corpo, não diziam, ao verem uma moça bonita pensavam que estavam vendo Nossa Senhora, sentiam culpa porque os olhos a quiseram, seus corações só pediam que se casassem, atiravam lencinhos brancos nos ares e ouviam os beija-flores trazendo recadinhos de amor, ao verem moça bonita ficavam como um *passarinho vendo melão na gaiola*, botavam os joelhos na terra bendizendo a Deus quando viam a menina bonita, por ela arriscavam a vida, enfrentavam o que fosse, sempre cousas assim, líricas, amores e despedidas, vontade de casamento, seus amores nasciam entre lírios, cresciam entre rosas, perdiam-se entre cravos, por alguma moça formosa *choravam vinte e um dias, vinte noites e uma hora*, quando a moça ia embora eles andavam *pela noite dando topadas em vão*, tinham seus corações abalados, mas seus males de amores guardavam receitas para serem curados, singelas como suas cantigas, as meninas eram caroços de cajá, limõezinhos verdes, sempre-vivas coloridas olhos de espelho cabelos de luares, pés de santinha, cabelos de milho, seus nomes eram Rosa Dália, Rosa Amélia, Flor do Dia, Flor Maria, Rosa Fogo, amavam com pureza, debalde, pois não custava muito para haver morte por motivo de amor.

Casamento breve

Não houve namoro, não revi o Decarliano, que voltou para a Bahia, mas eu sabia que apesar de minhas súplicas vovô não havia desistido, pois as funções da cerimônia eram diárias, veio a costureira reformar o vestido velho do casamento da vovó, uns panos ásperos, modelo sem forma, mas achei que apresentava o meu espírito desbotado. Tudo me angustiava, quando vieram tirar a medida no meu dedo para o anel, e marcaram a data na igreja, e quando os papéis chegavam, e a lista dos convidados, a escolha dos padrinhos, nem me perguntaram quem era que eu preferia, escolheram uns aliados políticos de vovô, e a festa ia ser um simples banquete, sem contradanças nem orquestra, antes assim, mas tudo me fazia sofrer. Fui para a igreja chorando. Quando o Decarliano me viu num vestido preto, quase desfaleceu, o meu vestido estava banhado na tinta preta de lama, mas ele casou, disse *sim*. Ao vovô eu falei, *A ideia foi de vosmecê*. No banquete eu fiquei calada, até com pena do pobre noivo que mantinha a cabeça baixa olhando o prato que ele não comia. O pai dele parecia um animal bravio, olhava para todos nós com uma severidade que dava medo, pareceu que me ia arrancar os olhos. *Bebei fartamente, ó amados!* Bebi cachaça e vinho, tanto que desacordei e acho que me levaram para a cama, pois despertei deitada na alcova, com uma gritaria. O noivo tinha desaparecido. Procuraram por toda parte, e acabaram encontrando, no fundo de uma cacimba, com os bolsos cheios de pedras. Foi uma comoção na vila, veio gente da Bahia para o enterro. Mas logo chegou a guerra de 31 e o caso ficou esquecido na vila. Vovô me olhava de uma maneira estranha, como querendo compreender *quem* eu era, a partir de minha sina, de *onde* eu tinha vindo e que mensagens trazia. Sei que ficava intimamente me comparando a Semíramis, como podiam duas irmãs serem tão opostas?

Parte 3

Labirintos bordados

Demorou até que eu visse de novo o Cazuzinha, nove anos se passaram, era 38, eu, viúva, dona Bárbara morreu e vovô morreu três dias depois, uma dor que nem posso rememorar, Semíramis já tinha dois filhos, ela não queria muitos, para não *estragar as ondulações suaves das formas encantadoras*. Eu morava na mesma casa no Crato, com vovó, e Tebana, que sempre foi a dona de casa, vovó era apenas um oráculo na sala e eu uma ausência sonhadora. Levava uma vida rotineira e monótona, às sete da manhã eu ia à missa, menos quando caía algum chuvisco, depois da missa almoçava e ia passear a cavalo até o Barro Vermelho, onde ficava a fábrica de pólvora, para olhar a vila de longe, ou até o alto do Batateira, ou qualquer lugar que estivesse num caminho a esmo, para ver tudo de longe, chegava em casa suada e tomava banho, ouvia as ironias de vovó, jantava, depois do jantar chegava o padre Simeão ou alguma visita, a maioria acabava falando em Semíramis, como estava Semíramis, se havia notícias de Semíramis, do senador, do Senado, eu ficava em meus labirintos e só escutava as conversas, davam notícias das vizinhanças, um batizado, um noivado, mais um sarau na casa de dona Angelua, as rodas do Sucupira, onde liam jornais com notícias do país, na Bahia os liberais se rebelaram contra a Regência e queriam a independência de sua província, no Rio tinham concedido uma pensão de cinquenta contos de réis anuais à viúva de dom Pedro, não bastava toda a fazenda de que desfrutava a duquesa, no Maranhão havia novas rebeliões, sempre os mesmos assuntos da política, mas um dia disseram uma novidade que me interessou, estava a caminho do Crato o padre Martiniano acompanhado de sua família.

Os mesmos olhos

De manhã chegou um comboio de mulas, os comboieiros anunciaram que vinha o padre José Martiniano com a família logo atrás, apearam as bagagens na casa do padre vigário Miguel Carlos, que estava velho, mal das pernas e perto de morrer. Inventei pretextos para ir à rua, queria ouvir o que diziam da chegada do padre Martiniano, na botica, na câmara, na calçada em frente à cadeia, na roda do doutor Sucupira. A conversa era que o padre Martiniano vinha para uma derradeira despedida do vigário *seu pai*. Esperei o dia todo, olhando pela janela a cada instante. O padre José Martiniano entrou na Vila Real ao anoitecer, logo juntou gente para olhar. Tinha envelhecido, estava magro, quase não o reconheci. Vinha à frente, a cavalo, com seu menino Cazuzinha, e mais atrás dona Ana Josefina e outros meninos dela e do padre em carroça, jumentinhos, mais dona Florinda, a caseira Ângela, umas escravas, uns escravos fardados e agaloados, e o guia que era um índio. Estavam a caminho do Rio de Janeiro, passando pela Bahia. O Cazuzinha chamou logo a minha atenção, miudinho, quando foi saltar do cavalo veio um escravo ajudar e ele deu uma ordem que parecia homem-feito, quis apear sozinho, apeou deveras sozinho e pisou o chão como se fosse o presidente da província. Olhou para os lados, viu o povo que espiava a sua chegada, cruzou os olhos com os meus, e reconheci aquele mesmo olhar do nenenzinho no berço, fiquei arrepiada lembrando a caixinha de Semíramis e enfiei logo em casa. A família Alencar entrou na casa do padre Miguel Carlos, eu estava morta de curiosidade, querendo ir à casa do vigário, não só para ouvir as novidades da capital, mas para olhar o Cazuzinha, e não demorou uma hora veio o criado do padre Miguel Carlos chamar o padre Simeão, que ceava com vovó, fazendo perguntas sobre a Semíramis, e aproveitei a ocasião.

Um certo herbário

O padre Simeão ficou na sala, conversando com o padre Martiniano e um estrangeiro, Mister Gardner. Sempre que aparecia um estrangeiro chamavam o padre Simeão, se estava na vila, depois que vovô morreu ele era o único ali que falava a língua inglesa e a francesa, além do latim. O senhor Gardner era um naturalista escocês que aqui veio formar o seu herbário, e quis ir até a casa do padre vigário para tomar anotações. Os três, cerimoniosos, sentavam-se nas cadeiras, e eu fiquei em pé, atrás do padre Simeão, escutando a conversa que girava na política e nos costumes da gente da vila e dos sítios, padre Simeão sempre traduzindo as expressões que o naturalista não conhecia, ou ajudando-o a encontrar palavras quando ele emperrava, e o naturalista anotando num caderno. Vi o menino Cazuzinha chegar e sentar-se junto aos palestrantes, como se fosse um homem grande. O padre Martiniano o apresentou, *Este é meu filho Cazuza*, importância jamais vista para uma criança. O menino começou a falar, respondia perguntas, era um prodígio, conquistava o fascínio de pessoas adultas, entretinha aquelas velhas autoridades que empacavam diante de sua louçania, menino educado para mandar, para ser político como o pai, presidente da província, senador, aprendendo desde cedo que seus desejos eram imperiosos, sempre cercado de atenção, de mulheres, cunhãs, amas, escravas, tias, primas, mulheres prendadas, pacientes, amorosas, afetuosas, alegres, que sorriam de todas as suas acrimônias, de qualquer cisma, qualquer palavrinha inesperada, Cazuza crescia cercado de pessoas que cuidavam de suas fomes, sedes, tristezas, raivas, melancolias, de seus sonhos e insônias, acalantado por dona Ana Josefina no seu suave afago, doce mamãe. O menino estava sendo preparado para ser grande. Mas era uma criança, e logo se entediou da conversa, retirou-se para o quintal. Fui olhar.

Cazuzinha no quintal

Não teve medo do cachorro, foi o cachorro que teve medo dele e ficou olhando de longe, ressabiado, Cazuzinha caminhava solto, ora pegando uma folha seca na areia, ora uma pedrinha, para lançar a esmo. Colheu um caju e ia chupar o talo quando eu gritei, o menino ia queimar a boca, falei para ele arrancar a castanha, se a castanha encostasse em sua boca ele ia ficar com uma queimadura, vi que era menino de capital, não sabia muito de sítio, com menos de um ano de idade ele foi para a Corte, e viveu lá no Rio de Janeiro enquanto o padre Martiniano era deputado na Assembleia Legislativa pelo Ceará, e depois senador, até 1834, quando a família voltou para o Ceará porque o padre Martiniano veio ser o presidente da província, mas eles moravam no palácio em Fortaleza, uma vida de cidade, nos salões, decerto ia folgar no Alagadiço, onde aprendia os rudimentos bucólicos. Apenas um menino. Mas ali naquele quintal de padre, feito de areia, folha seca, graveto, sabiá e bem-te-vi, só eu olhando, Cazuzinha ainda parecia o presidente da província, isso fazia parte dele.

Maldades murmuradas

O naturalista Gardner estava sendo tratado com todo o empenho, em tudo era atendido, padre Simeão o levou aos sítios, às colinas, aos locais onde havia tal ou qual planta que desejava colher, ficou à sua disposição. Apresentou-lhe os homens de bem da vila, na política, na Igreja, nas leis, nas forças militares. Levou-o a conhecer senhoras, mostrando-lhe seus costumes doces e mansos. Mas ele não soube entender nossos usos, tudo para ele era condenável, cego que vivia por sua seita. Foi perguntar ao padre Simeão se o padre Miguel Carlos era pai de seis filhos naturais, se o padre Martiniano tinha cinco filhos de outra mulher que falecera ao dar à luz o sexto, antes de amasiar-se com a prima Ana Josefina, e se além do vigário Miguel Carlos era verdade que havia no Crato três outros sacerdotes com famílias de mulheres com as quais viviam abertamente, sendo uma delas esposa de outro homem. Padre Simeão passou-lhe uma sarabanda, mesmo se o padre Martiniano fosse filho do padre Miguel Carlos, o escocês deveria ser cavalheiro e honrar o acolhimento do povo, mesmo porque não havia nenhuma comprovação de tal bastardia.

Mais uns dias

Cazuzinha passou mais uns dias no Crato, eu o via sempre ao lado do pai, altivo e desdenhoso, mas não era um desdém de diminuir os outros, era um modo de estar acima das cousas insignificantes, porque não viviam no meio do indiferentismo das pessoas, eram gente com aspirações maiores, que sabia ser preciso se incumbir de levantar ideias, agrupando os vacilantes. As suas palavras, mesmo ditas à toa, eram verdadeiro pronunciamento de princípios. Pessoas capazes de transformar naturalmente as cousas pequenas em grandes. Eu os vi à missa, padre Martiniano assistiu ao sermão do combalido padrinho, proferido com uma voz trêmula e quase inaudível. Tinha os olhos marejados, a cabeça às vezes pendia de amargura e afeto, e quando se ajoelhou, era como se um halo se escrevesse sobre si com o nome de sua mãe, *dona Bárbara*, era por ela que rezava tão contrito, foi a ela que viu no rosto da santa e despediu uma lágrima. Ali naquela igreja o padre Martiniano havia celebrado a sua primeira missa, quando se ordenou. Vi-os caminhando na rua, achei estranha aquela família, tão parecida com as outras, pai, mãe e filhos, no entanto o pai usava batina e era o que dava a esquivança da situação, mas nenhum deles parecia se importar com isso e a atitude convencia, tudo ficava natural, ao menos para mim. Andaram a cidade toda, pela rua da Vala, rua do Fogo, rua Grande, rua Formosa, Laranjeira, por Pedra Lavrada, onde demoravam pequenas habitações em cujos quintais corria o rio Granjeiro, foram pelo beco Escuro, pelo beco do Seu Candeia, Seu Secundo, tudo o pai nomeava ao filho, Ali é o bairro Matinha, ali o Pimenta, ali o bairro Cruz e acolá o Fundo da Maca, ao nascente Seminário e Matança ao poente. Não falou no Barro Vermelho. Passaram pela escola do seu Penha na saída da praça, a meninada até parou de tocar caixãozada de oriza, para ver os dois em passeio.

Na sala livre

Vi o padre Martiniano subir com o Cazuzinha as escadas que levam ao segundo andar da cadeia, para visitar a câmara, decerto com o coração apertado nas recordações do dia em que ali irrompeu a gritar pela independência, proclamando a república, nomeando vereadores republicanos, lendo o *Preciso*, e imagino que conversou com os vereadores, alguma conversa tensa porque mesmo os seus pares liberais suspeitavam daquele homem em suas sinuosidades viris e religiosas, dividido sempre entre o aqui e o acolá, por culpa de suas fragilidades e do lugar que o mundo lhe reservara. Vovô o admirava, dizia que padre Martiniano era moderado, brando, que preferia se omitir a punir injustamente, e se parecia tão tolerante consigo mesmo, também o era para com os outros, mesmo que fossem inimigos. Um homem plácido, afável, que exercia uma *atração irresistível nas pessoas*, e infundia um *respeito cheio de cordura*. E vi de que modo padre Martiniano amava o filho, a todo instante o olhava como se concordando, ele sorria para o filho, mostrava-lhe casas das ruas, dizendo quem morava ali, acolá, ali havia no seu tempo isto, no seu tempo aquilo, ali onde jogava voltarete, ali onde fincou a bandeira branca, e cercaram a vila, ali onde derrubaram uma casa, ali onde prenderam alguém.

No sítio de Tristão

Padre Simeão me convidou a um passeio, eu não ia, mas quando soube que era com o padre Martiniano mudei de ideia. Lá estava o Cazuzinha a cavalo, ao lado do pai, que lhe apontava colinas, grandes matos de angicos, jatobás, braúnas, periquiteiras, egas, pariparobas, ali uma queixada, acolá uns nambus, parávamos para comer quixabas, para conversar com a gente dos caminhos, colher descaulinas de flores solitárias e rubras, Cazuzinha na maior sisudez e gravidade como se tomasse aulas. Éramos uns dez cavaleiros, sendo só duas as mulheres, eu e dona Ana Josefina. Estávamos a caminho do sítio Lanceiro, que foi de Tristão de Alencar, e vi que o padre Martiniano ia solene, se aproximando das terras do irmão, carregado de lembranças tristes. Chegamos suados, e em silêncio olhamos, do sítio restava apenas uma ruína da casa e do engenho pegado à casa, Tristão passou pouco tempo ali, comprou o sítio depois da guerra de 17, quando saiu da prisão, tinha intenção de refazer a casa e melhorar o engenho e construir currais, mas não teve tempo, foi morto em 24. Ruínas infelizes, que ensombravam os olhos dos Alencar com recordações. As imensas mangueiras ao lado das ruínas foram plantadas por Tristão, e faziam uma pose de anjos escuros. O sítio ficava à beira da estrada, morava ali o novo dono, senhor Montes, numa casa coberta de palha, que nos ofereceu uma jenipapada com leite, doces e água, e os homens se puseram a conversar sobre as antigas guerras. Cazuzinha ficou com os homens na roda de conversas, e eu, com dona Ana Josefina, as duas sentadas nas redes armadas debaixo das mangueiras. Conversamos assuntos de mulheres, falei dos meus labirintos, ela falou de receitas, falei do doce de buriti, e quando recordei que assisti ao nascimento de Cazuzinha ela fez que se lembrava de mim, mas acho que estava sendo gentil. Disse apenas, *Bons tempos. Eu não podia ser feliz, mas era.*

A roda da morte

Dona Ana Josefina ficou um instante longo em silêncio, olhando o mato, mas mirava seus pensamentos, transportada ao passado e eu sabia que passado era, e estava certa, porque logo depois ela me perguntou se eu conhecia o sítio Engenho Velho, em Jardim, eu não conhecia, mas sabia que dele restavam só uns paus e o telhado do engenho, tudo estava tomado pelo mato, mas não disse nada para não a entristecer ainda mais. Uma lágrima escorreu em sua face suave, e ela disse, *Vosmecê não sabe a dor que é ver o pai assassinado*, não lhe falei da morte de meus pais, eu estava dentro do forno e não vi, mas ouvi os tiros, porém eu era menina de sete anos e isso deve atenuar a tragédia pela incompreensão. Ouvi o vovô contando a um viajante como se passou a morte do capitão Leonel: a casa do Engenho Velho foi cercada pelos realistas, houve tiroteio a noite toda. Dona Maria Xavier conseguiu escapar com os onze filhos e uma nora, ela estava ferida, com barriga de sete meses, ficaram escondidos no mato, ouvindo os tiros, olhando as chamas de um incêndio distante, esperando o capitão e o filho que não chegavam nunca, e no mato ela deu à luz Clodes, ajudada pelas escravas e pelas filhas, naquela dor de não saber o que acontecia lá embaixo. Quando voltaram ao sítio, encontraram o capitão Leonel estirado no chão, morto com tiro na cabeça, viram os corpos espalhados de um cunhado e outros amigos e empregados. A casa, o engenho, os currais, tudo estava em cinzas, e o corpo do filho foi achado no canavial, abatido por tiros. Dona Ana Josefina devia ter uns quinze anos quando isso aconteceu. Esses eram os rasgos que carregava e a atormentavam, decerto tinha pesadelos, mas então ela levantou os olhos, enxugou a lágrima, viu o filho a rir com o padre Simeão, e ela sorriu. Fiz algumas perguntas sobre o Cazuzinha, dona Ana Josefina respondia com prazer, era um assunto que suavizava sua aflição, vi como botava esperanças no menino, como ele a consolava.

Um coraçãozinho transido

Dona Ana Josefina não queria prever o futuro do filho amado, só pedia a Deus para não ser na política, que trazia demasiados sofrimentos. Mas o menino mostrava em tudo a queda para essa ocupação. Antes fosse padre, eu disse, querendo elogiar o padre Martiniano, mas logo percebi as entrelinhas de minha frase e me arrependi. *A vida de padre também é muito sacrificada*, respondeu dona Ana Josefina, decerto pensando no padre Martiniano. Mas havia tempo pela frente, e Cazuzinha precisava cuidar da educação, logo ao chegar ao Rio ia para a escola. Contou que o menino já sabia as letras, aprendia fácil e depressa, rabiscava palavras juntando-as em frases especiais, inesperadas, bonitas. Era um menino tão bom, tão espirituoso, tão maduro para a idade! *Nunca vi menino tão inteligente*, ela disse. Nada lhe escapava. Tão interessado em cousas que não faziam gosto a crianças. Era um pouco frágil da saúde, caía de febre a qualquer brisa, mas com pouco se recuperava. Ia ser sempre forte, ela disse. Uma alminha um pouco confrangida, mas era por sentir no lugar dos outros. E como amava os pais, e como sabia mostrar amor pela mamãe!, acariciava sua mão, cuidava que não estivesse triste, dava-lhe as boas-noites pedindo um beijo na fronte. Defendia os irmãozinhos e cuidava deles como um pequeno papai. Era orgulhoso, altivo, queria sempre ser reconhecido sem precisar de anúncios. A raros ele mostrava o coração ansioso, porfiado, um coraçãozinho que transia por pequeninas cousas. Olhos cheios de lágrimas grossas, que tragava silenciosamente, não se abatia diante das contrariedades, mas sentia demais todas as minúcias. *Rezo muito por ele*, dizia a mãe, quando nos acenaram para tomarmos o caminho de volta.

Certa comoção

Passamos naquele lugar lúgubre, foi por acaso, ninguém queria causar sofrimento ao padre Martiniano, mas nos distraímos, e ele e Cazuzinha, que iam à frente, enveredaram pela trilha que entrava no Crato passando pelo Barro Vermelho, que também chamavam de Boa Vista, pois dali se descortinava o que dizia o nome, apesar de ser um monte raso, de bela assentada. No alto do morro, padre Martiniano, como adivinhando, estacou diante de umas escavações e um pouco adiante uns paus, ao lado de uma choupana, três esteios fortes e ainda bem conservados, que eram a forca levantada em 34 para a morte de Pinto Madeira. Padre Martiniano ficou lívido. *O que é isto, papai? Papai, diga o que é!* Cazuzinha parece que compreendeu a gravidade do momento, dona Ana Josefina adiantou-se e tomou a rédea do cavalo de seu filho trazendo-o para longe da cena. Padre Martiniano apeou, era homem corajoso e enfrentava as situações. Foi até os esteios, silencioso e severo. Padre Simeão o seguiu, disse que Deus era quem via os atos, e quem tinha consciência sabia que padre Martiniano fez o que pôde para o perdão de seu maior inimigo. *Deus sabe*, disse o padre Martiniano. A morte de Pinto Madeira foi chamada de *assassinato político*, e todo o peso recaiu sobre o padre Martiniano. Para uns, faz bem morrer: depois da morte, a memória do Pinto Madeira foi rodeada de uma auréola, e não se podia chegar naquele lugar sem certa comoção.

O veneno do ressentimento

Padre Martiniano acabou com os facínoras do sertão, e diziam os conservadores que deixou matarem o Pinto Madeira, ia ser naquela forca, mas como o condenado era militar usou de sua prerrogativa e escolheu o arcabuz. O padre Simeão dizia para eu não guardar ressentimentos, *O ressentimento é um veneno que você toma e fica esperando o outro morrer*, disse o padre, mas eu jamais consegui tirar o ódio de dentro de meu coração, se é que o ódio fica guardado no mesmo lugar do amor, eu odiava o Pinto Madeira e seus asseclas, rezei muito para pagarem as maldades e assassínios, matavam com covardia, mataram o Tristão com uma trabucada no peito, um homem sozinho e sem cavalo, dependuraram o corpo numa jurema para os realistas apedrejarem, mataram o padre Carlos, que estava escapando pela noite vestido de marrueiro, sem arma nenhuma, mataram meu pai e minha mãe inocentes de política, e muito mais gente, portanto não me impressionou quando o Pinto Madeira foi preso e julgado por crimes de rebelião e pilhagens, por bárbaros latrocínios. Foi condenado à morte no Crato. Dona Bárbara rogou o perdão para o assassino, suplicou ao padre Martiniano que o perdoasse, dizem que foi o último pedido de dona Bárbara antes de morrer, mas Pinto Madeira acabou arcabuzado bem naquele lugar, diante da forca, com um lenço branco cobrindo o rosto, dizem que para ninguém guardar *angústia de seus estertores e ritos de sua morte*. Assisti. Devia dar vivas. Mas a verdade é que eu sou tão *rabo-preso*, como dizia a Semíramis, que acabei com pena do desgraçado.

A partida

Uns dias depois, senti um frio no peito quando, antes do nascer do sol, ao abrir a janela da sala, vi o comboio partindo com as bagagens dos Alencar. Não demorou uma hora e a família foi surgindo à porta, em trajes de viagem. Cazuzinha foi o último a aparecer e o primeiro a montar, com uma capinha galonada e chapéu de abas largas. Uma cousa linda aquela criança, eu já sentia saudades. Os criados trouxeram o padre Miguel Carlos à porta, carregado numa cadeira, pois ele não andava mais, e dali o vigário assistiu comovido à partida de seu afilhado, quer fosse ou não seu filho, que se ia para a Corte levando e deixando as lembranças. Partiram, vez em quando alguém se voltava para acenar, gente saía às portas das casas, dando adeus, meninos silenciaram a lição e apareceram às janelas da escola, os homens na rua tiravam o chapéu, o senhor Gardner cumprimentou o padre com um gesto seco, o doutor Brígido e dona Angelua foram à porta de casa, ele sério e ela com um lencinho secando os olhos marejados, padre Simeão fez os viajantes pararem a fim de lhes dar uma bênção, iam numa longa e arriscada jornada pelos sertões mais brabos e áridos e epidêmicos, cheios de meninos, pelos tabuleiros gentis, pelas várzeas amenas e graciosas, pelas matas seculares que vestiam as serras, iam comovidos e saudosos, dona Ana Josefina e sua irmã Florinda debaixo de chapéus e sombrinha, sentadas na carroça com as mais crianças. Só de criança montada era o Cazuzinha, feito homem, feito o pai. Será que ia ser padre? Será que ia ser presidente? Foram diminuindo de tamanho, cada vez mais distantes, e me deixaram com os olhos compridos, uma vontade de ir atrás. No peito, um vazio em forma de buraco.

Fios do labirinto

Nesse tempo da visita de Cazuzinha eu morava com vovó e Tebana, sozinhas naquela casa imensa, e as três éramos viúvas. O povo não perdoava, e chamava a nossa casa de cemitério. *Leva este litro de farinha ali no cemitério!* Como vovó e Tebana cortavam a vida e a moralidade das senhoras e dos senhores, em julgamentos, e vovó resumia tudo em epigramas, o padre Simeão nos batizou de *As três parcas*, as filhas da escuridão, frias como as noites de julho e seus luares esverdeados, velhas como a terra e o céu, e eu sofria a inquietação do título, as negras parcas que parecíamos ser, que achavam sermos, o padre Simeão disse o nome delas, mas eram tão desconhecidos, sem referências, que me esqueceu. Devia ter anotado num papel. Ele dizia que as parcas nasceram para vigiar a harmonia do mundo e decidir o destino dos mortais, as três a tecer infinitamente o fio secreto da vida sem que nada pudesse abalar seus corações ou demovê-las dos cuidados com o curso imutável do fardo. Era verdade, quando falavam sobre nossos corações inabaláveis e talvez sobre vigiar a harmonia do mundo, embora inutilmente. Mas temi tanto o poder das parcas, sobre a vida e a morte, que ao cortar um fio do labirinto minha mão tremia. Se eu estava pensando em Semíramis, deixava para cortar o fio mais tarde, quando tivesse esquecido dela, com medo de sem querer cortar o fio da sua vida.

Poder do sete-estrelo

Se as parcas eram velhíssimas como a noite e a terra e o céu, eu era a menos velha, que sustentava e fazia mover-se o fio de nossas sinas, eu era a que fazia alguma cousa se mover nas nossas vidas, saindo a cavalo, vigiando as redondezas, levava para casa os mundos que existiam nos livros, essa parca tinha na fronte um diadema com sete estrelas e nas mãos segurava a roca de onde se estendia o fio que une o firmamento à terra, era eu mesma, sempre de pés descalços, a vigiar nuvens e estrelas. Tebana era aquela que tirava a sorte, uma adivinha, toda semeada de estrelas, seu cabelo fazia umas cintilações, essa parca tinha a missão eterna de medir e enrolar os fios no fuso, Tebana era mesmo uma pessoa que gostava de medir e pesar as cousas, e enrolar os fios queria dizer organizar a vida, era o que Tebana fazia, a cor que definia essa parca era a dos últimos raios do crepúsculo e a cor da pele de Tebana parecia mesmo um crepúsculo noturno meio avermelhado. A mais velha e mais terrível, a que não se podia abrandar, a imutável, a de quem não se conseguia fugir, era a vovó, ela cortava sem piedade o fio de nossas vidas, e em sua cegueira era coberta com a noite mais escura e sem estrelas. Uma estendia, outra media, outra cortava. Dizia o padre Simeão, as parcas eram o tempo, nem Deus tinha poder sobre as parcas, nem podia intervir na duração de nossas vidas, nem cessar o fim, mesmo que tentasse embriagar as parcas para iludi-las. Eu sabia que as parcas eram lenda, mas me fascinava a ilusão de poder sobre vida e morte, o tempo sem tempo, num virar de páginas, tempo leve deslizando por tudo, penetrando, roendo por dentro, manchando as telhas de visgo, derrubando folhas enterrando velhos dando luz a meninos deformando espelhos, tirando a lisura da pele, o brilho dos cabelos, a força das tranças... a vida a se mover para a frente, para trás... sem sair do lugar, um movimento parado, feito a cadeira de balanço da vovó.

Semíramis na Corte

Semíramis, como eu disse, casou com o deputado que acabou senador vitalício, o senador Calixto Bezerra, liberal escolhido nas sedas por meu avô, o casamento foi uma festa de três noites, vovô vendeu um sítio para financiar o vestido, os tules debruados de guirlandas, as farras, três dias e três noites de danças e argolinhas, e Semíramis foi morar no Rio de Janeiro, em um palacete no alto das Laranjeiras. De lá me mandava mimos, lembranças, livros, sabia que eu apreciava leituras, eram o que restava na minha vida, ela mandava recortes de folhas com os romances de folhetim franceses, e cartas contando da vida dela e da alheia. A vida de Semíramis na Corte ela descrevia como um quebranto sedutor, primeiro o seu vestuário!, tantos manteletes, chapéus, leques, tantas fitas, botinas, capas, luvas, e diademas, joias... Agora vestia Madame Bragaldi, com instinto de delicadeza, sem exageros, uma simplicidade caprichosa, era o verdadeiro bom gosto: corte irrepreensível, tecido superior, cores modestas. O palacete onde morava, eu nem podia imaginar o luxo, os salões, as pedras de mármore, os lustres de cristal, cortinas que desciam do teto até o chão, havia um quarto só para ela, com uma cama de dossel, lençóis rebordados, feitos com um linho que parecia seda, travesseiros de plumas que a faziam flutuar, e um boudoir onde ficava um toucador repleto de todos os potes e vidros de cosméticos e perfumes os mais caros, espelhos imensos, e uma aia de quarto só para ajudá-la a se vestir, ela nem sabia quantos escravos e caseiros e aias possuíam, as refeições eram a uma mesa longa que ocupava um salão enorme, com candelabros, pratarias, louças quase transparentes de tão delicadas, mandou-me um guardanapo todo trabalhado e com seu monograma, era mesmo um primor. Possuíam um landau e dois cupês, um só para ela, com *chauffeur*, e ela passeava na rua à hora que quisesse, às vezes só admirando a cidade, às vezes parando para fazer compras. Calixto abriu-lhe uma conta bancária, ela nem sabia o quanto havia ali, e podia gastar tanto que até enjoava das compras. Faltava-lhe um palacete em Petrópolis.

À vol d'oiseau

E a cidade do Rio de Janeiro! Ela amava aquelas ruas velhas e úmidas do Rio, com construções nobres de estilos diversos, parecendo estar na Europa, árvores sombrias, montanhas, florestas que avistava de sua sacada *à vol d'oiseau*, bulevares mais belos que os de Paris onde passou a lua de mel, estava toda afrancesada, amava ver os senhores flanando na rua do Ouvidor com seus charutos, vestidos no Dagnan, luvas compradas no Wallerstein, e senhoras com seus buquês de amarílis, umas bonequinhas aperfeiçoadas por Madame Barrat, amava o ruído dos tílburis, das vitórias, carruagens, dos *bonds*, o fresco nas áleas do Passeio Público, o Cassino, os teatros, os sorvetes, as corridas em Botafogo, *Ferve o namoro por todas as ruas*, e o incomparável prazer das contradanças, Semíramis era sempre disputada pelos pares a um corrupio, uma valsa, uma contradança, as mãos quentes dos cavalheiros pousavam em sua cintura e os damejadores lhe diziam palavras gentis, enquanto Calixto discutia altas políticas na sala de fumar. Ela era a mais contemplada, e as outras, descrevia como um todo mecânico: falsas cabeleiras, seios de algodão, anquinhas por baixo da saia, e tanto pó no rosto que fazia as vezes de cimento. As mais formosas não passavam de uma beleza vulgar de corista. Com tudo isto, vi que minha irmã casara-se, mas não se casara. Mudara-se, mas não se mudara.

A vidinha de sempre

Eu dava notícias a Semíramis da vida na vila, continuavam as rodas do juiz Sucupira todas as tardes à porta de sua casa, os homens conversando da política e das finanças até pelas oito da noite, os vadios continuavam jogando cartas na calçada da cadeia, o Quincas Pimentel tinha aprontado mais uma de suas notáveis extravagâncias, deu um murro na ponta de uma faca só para provar como era viril, tirando questão de que *ninguém dá murro em ponta de faca*, a missa de Natal foi dita na praça à meia-noite, levantaram um altar no adro, a praça cheia, as mulheres todas de lençóis, xales, toalhas ou lenços alvos na cabeça, formando um algodoal branco, um silêncio imenso, nenhum sussurro e só um clarão incerto de seis velas sobre a multidão ajoelhada na praça, eu, vovó e Tebana assistimos da porta de casa. Tebana fez um maravilhoso pão de ló molhado em malvasia, receita portuguesa que dona Angelua passou, vovó andava calada, como se mergulhada nas nostalgias de vovô, mas ainda o maldizia em uns raros epigramas como se conversasse com ele dentro da sua cabeça, certo era que continuava enciumada dos dois fantasmas no paraíso, como se imaginasse que entre as nuvens o vovô ficava galanteando dona Bárbara e suspirando por ela. Fui à feira na praça do Mercado comprar frutas, os ananases estavam mais doces do que nunca, ananases a oitenta réis!, as nossas deliciosas laranjas se acabaram com uma praga branca que matou os laranjais, rasgaram as fardas dos soldados numa briga de feira, andei enfadada mas depois melhorei, continuava com minhas excursões a cavalo e sem rumo, houve eleição para deputados provinciais e o Ratisbona era candidato, a vila se encheu de matutos, os partidos graúdo e miúdo se alternavam, madrugadas trovoavam, caíram boas pancadas d'água, dias aborrecidos, ou de noite belos luares, repiques, foguetes, estalos de fogos da China, estalos na cabeça, a abóbada do céu tão ampla que parecia esmagar nossa cansada paciência e nossa pequenez.

Colégio de instrução elementar

Eu sempre perguntava do Cazuzinha e Semíramis contava, o menino andava na escola, ia de carro, e já sabia ler, o *caturrinha*, Semíramis o via de fraque e boné, com livros sobraçados, mas continuava o menino *travado de fel*, era o ledor quando as mulheres da família se reuniam nos trabalhos de agulha, e tirava lágrimas delas, lendo com sua vozinha leve e firme, suas pestanas vantajosas descortinando os olhos, lendo em voz alta páginas do sentimental idílio de *Paulo e Virgínia*, lágrimas pelas crianças da *Família Dunreath* no romance de uma escritora inglesa, ou na leitura das fábulas de Claris de Florian. E o menino sabia declamar de cor as odes do padre Caldas, ou páginas de frei Francisco de São Luís!, espantava-se Semíramis, *Uma criança! Saber de cor aquelas palavras!* Mas a maior atração do caturrinha era quando expedia as suas charadas, Cazuzinha era exímio na charada, e mal via alguém, se aproximava a desafiar. Quem lhe ensinava as charadas era o reverendo Carlos, que adorava o Cazuzinha, dedicava-se ao sobrinho com toda a fanfarrice daquela pança, incitava a agudeza do menino, afagava, aninhava e aquecia a criança, despejando suas gargalhadas a qualquer palavrinha tola, o reverendo Carlos, que era da família Alencar, portanto era político, padre e político, ou político e padre, nem sei qual vem primeiro, reverendo Carlos dava ao Cazuzinha toda a atenção, ouvia-lhe todo chiste, toda manha, e dedicava um tempo enorme ao menino ensinando-lhe o que sabia e cultivando a alminha, e disse Semíramis, claro que enciumada, porque todo o mimo do mundo deveria ser dela: *O reverendo Carlos o que faz é deitar a criança a perder.*

Criança perdida

E não era apenas o reverendo Carlos quem estragava o Cazuzinha, os pais não escondiam o orgulho que sentiam pela criança mimada, espirituosa, dotada de elevação, meiga, obediente, graciosa, e esse sentimento se espalhava pelo círculo das amizades. Quando escreviam ao padre Martiniano sempre perguntavam, *Como está Cazuzinha? Cazuzinha seja abençoado!*, parentes se lembravam de enviar um abraço ao Cazuzinha, o padrinho mandava dizer que estava *guardando um carneirinho para quando ele chegar ter que andar a cavalo*, e o presidente da província do Ceará chegou a observar que *o amável Cazuza cresce em corpo e espírito e permite a seus pais fundar nele doces esperanças e encanto de sua velhice*, todos o mimavam, não apenas o reverendo Carlos, Cazuzinha recebia tratamento diferente das vulgares considerações que se dispensavam às crianças. A mãe o mimava até mais que o reverendo Carlos, comprava-lhe presentinhos, roupinhas, docinhos, bonés, fraques, livros, e se alguém o cumprimentava, lá vinha Cazuzinha com suas charadas, *Caixinha de bem-querer, todos os carapinhas não sabem fazer... é... amendoim! Casa caiada, lagoa d'água... é... ovo! Dá-me tuas mãozinhas! E o bolinho que estava aqui?* O reverendo era mestre na charada, Semíramis disse que a charada era moda francesa bem ao talante do tempo, e o menino ficou de tal forma afiado nas adivinhações, que era uma opereta familiar, ele criava suas charadas bem infantis e em versos deixando todos confusos a imaginar uma resposta, tangendo notas irreais do mundo por meio de uma astúcia de palavras.

Pomozinho de ouro

Ea mãe, as tias, as cunhãs, as visitas, todos tratavam Cazuzinha como a um neném, um pomozinho de ouro, galhinho de marmeleiro, gotinha de orvalho, flor de mel, cotovia ao raiar da alvorada, e agora um estudantinho de latim, anjinho eloquente, pena de cisne, travesseirinho acetinado, *Cazuza! Olha o sereno, Cazuza! Vem aqui, meu amorzinho, vou te dar um confeito, queres um chocolate? Toma, Cazuzinha. Queres mais, meu menininho? Este cavalinho de pano, queres para ti?* Mas o menino merecia, retribuía todo aquele reparo com a vibração de seu talento, sua inspiração, sua garridice sem rival, o perfume de primavera exalava em sua alma, uma flor nada efêmera. Alguns nascem abençoados por uma estrela, disse Semíramis, decerto falando de si mesma. Semíramis até para falar de uma criança falava de si mesma, sempre Semíramis propôs enigmas ao mundo, suas explicações eram para confundir e quando todos esperavam que ela fosse para um lado, saltava para outro, lembro o episódio do chapéu, que mostra bem o seu estado de espírito diante do mundo, mocinha ela anunciava, *Quando meu chapéu estiver deste lado é que amanheci triste, e deste, quando eu acordar feliz*, e fazia o oposto do anunciado, punha seu chapéu ao modo triste quando acordava feliz e vice-versa: do lado alegre a tristeza, do lado triste a alegria. Semíramis era uma charada viva. Charadas de Cazuzinha: *campo branco, sementinhas pretas, é... carta! Branquinho, branquinho, reviradinho... garças brancas em campos verdes, com o bico n'água, morrendo às sedes... é?*

A vida vai passando

Em 41 Cazuzinha ganhou uma irmã chamada Maria Amélia, acho que já tinha mais de dois irmãos, e a família se mudou para uma chácara na rua do Maruí, num bairro de chácaras e da quinta do imperador, mas longe da quinta imperial, parecia que o padre Martiniano era um ex-carbonário da república. Quando ia visitá-los, Semíramis via Cazuzinha correndo, solto debaixo das árvores, jogando com os irmãos, feliz da nova vida, disse Semíramis que o padre Martiniano, e todo mundo, continuava a mimar o caturrinha e preparava o filho para doutor advogado, o menino era miúdo, magrelo e nervoso, embora meigo, dona Ana Josefina dizia que seria um desgosto o Cazuzinha seguir o comércio ou um emprego público. Mandaram o pobre, com seus treze anos de idade, para estudar preparatórios de advogado em São Paulo, um lugarzinho pequeno que ficava nos quintos da monotonia e topetado de boêmios, Cazuzinha foi com o primo dele e com um moleque para cuidar de sua roupa e comida. Já usava calças compridas, imaginei-o com calças de homem e buço de barba e bigode. Semíramis dizia que o Cazuzinha era retraído e escuso pela falha originária de sua família, os fluminenses sempre murmuraram da situação de seu pai, e Cazuzinha tinha medo de ser chamado *filho de padre*, decerto chamavam pelas costas, fosse pela frente, era capaz de ir às prestações de contas, bem de um temperamento estourado. Quando voltou de São Paulo ele era já um rapaz, barba e bigode espessos, sempre atrás dos óculos de vidros grossos, e se tornava a cada dia mais calado, arredio, taciturno, metafísico. Vivia em bibliotecas e debruçado em livros. Lera Simão de Mântua, Tissot em compêndios de história, dom

Francisco de São Luís, a aventura de Telêmaco em francês, fábulas de La Fontaine, inglês nas obras poéticas de Milton, Gold para a história da Grécia, e Balzac, e Dumas, Vigny, Victor Hugo e Chateaubriand, Scott, Cooper, Arlincourt, Soulié, Eugène Sue e tantos outros, sem gosto para os divertimentos prazenteiros, uma alma sensível e meiga. Até que lhe aconteceu uma cousa horrível, uma calamidade na família, quase matou de desgosto a dona Ana Josefina: o seu filho dileto, o pomo de ouro, lírio dos lírios, nata da nata, estava de bronquite. Estudava então em Olinda e teve de voltar às pressas para casa. Fiquei desesperada com a notícia, temendo a morte de Cazuzinha, e foi quando descobri o tamanho de minha afeição pelo menino que vi nascer.

A flor tísica

Escrevi, desesperada, para Semíramis. Queria saber se era mesmo certa a doença de Cazuza, se ela via em seus traços algum sinal, tosse, palidez, magreza, se ele se alimentava, botava sangue, sentia o *toque daquela mão descarnada da moléstia* e andava abatido, com terror da solidão, se tinha ânimo para enfrentar o mal, para fazer estação de cura, e Semíramis foi implacável, disse que Cazuzinha pagava por suas noites de boêmia em São Paulo, decerto andava com aqueles rapazes em madrugadas de neblina tão frias como as de Paris, a declamar sobre as mesas das tabernas, bêbados e famintos, entre aqueles descabelados discípulos de Byron a fumar cachimbos na sala de estudos enfumaçada como o próprio inferno, poetando nos muros da cidade, galhofando e escandalizando famílias, assobiando para as moças na rua, aqueles epicuristas com meretrizes sentadas em seus colos, em noites e noites de amor impuro com vadias cheias de miasmas, cursistas que, diziam, iam para os cemitérios fazer orgias com prostitutas as quais eles coroavam sobre os túmulos, bebendo vinho em taças de crânios humanos, cousas que nem pareciam verdadeiras. Semíramis foi implacável, e *injusta*. Teve de admitir, depois, que Cazuzinha nunca participou daquelas orgias de cursistas, nenhum *ruído fazia entre os colegas*, jamais se via *metido em partidas de prazer*, ao contrário, com seu gênio taciturno e concentrado, que já *tinha em si melancolia de sobejo*, vivia sobre livros, em busca de bibliotecas, escrevendo das carnaúbas, de heróis, estilos literários, ampliando seu francês nos romances em coleção, buscando a altura das criações sublimes.

Atrizes do Dramático

Da minha janela eu via as nuvens paradas, no espelho meus fios brancos já apareciam nos cabelos. Eu comprava papel e tinta nos secos e molhados, sentava e ficava sem saber o que escrever para Semíramis, dava notícias de nosso teatrinho escuro com seus dramas e atores zambembes. Teatro era assunto que a fascinava. Ela adorava os teatros do Rio, ia ao Lírico, ao São Pedro, ao Dramático, sonhando se apresentar num daqueles palcos, grande novidade para mim, no nosso teatrinho nenhuma mulher jamais subia ao palco, os papéis femininos eram levados por homens vestidos em saias. Semíramis detestava uma cantora chamada Charton, como se fossem inimigas, gastava páginas contra a Charton, Charton isso Charton aquilo, a Charton era milhões de vezes inferior a Annetta Casaloni, que também não era grandes cousas, mas ambas atraíam paixões, e Semíramis achava soberanamente ridículo atirar flores e ramalhetes ao palco ou seguir os cortejos que levavam a Charton ou a Casaloni do teatro até o hotel onde se hospedavam. Calixto era adepto da Casaloni, Semíramis desdenhava dele, mantinha-se em seu altar, mas em casa aprendia óperas de Donizetti e treinava o bel canto, voltou às aulas de piano, ensaiava, sonhando se apresentar no São Pedro, aonde sempre ia o imperador. O Calixto não permitiu, achava que quando uma mulher apreciava ser olhada, estava provocando. *O olhar é um prazer sensual*, ele disse. Mas para agradar à mulher ele fez um teatro em casa, no palacete, um salão com tablado e cortinas e luzeiros e cadeiras e sofás para um público apenas de familiares e amigos mais próximos escolhidos por ele e ali ela representava o que queria ou cantava cousas como o dueto dos

Puritanos, de Bellini, contratando outros cantores e um mestre de cena, só para amigos. Rossini, Verdi, Bellini, Meyerbeer, a *Norma* de Emmy La Grua, em ciúmes selvagens, iam formando seu repertório. *Ah*, dizia Semíramis, *o próprio mundo é um teatro onde a fantasia supera a realidade!*

Encontros com Cazuzinha

O casal via Cazuzinha a jantar sozinho ou na companhia de algum advogado, no Hotel de Europa, nos Diários, no Cassino, ele estava homem-feito, um pouco afetado em suas feições pela bronquite, um pouco pálido e magro, mas ainda assim uma imagem bonita, altiva, pelo entusiasmo que sentia, nascido de suas próprias certezas e do apoio familiar, lucro da infância protegida e acarinhada. Era advogado, afinal, para gosto de sua mãe, doutor era *um grau, um distintivo, um título, uma profissão, um estado*, trabalhava com um advogado célebre, doutor Caetano, emprego que, dizia Calixto, o pai conseguiu para ele, e demonstrava segurança em suas funções, tinha talento para a cousa, a *lei na mão e a lógica na outra*. Morava ainda com os pais, comprava jornais ingleses, franceses e as folhas nacionais, lia tudo, passava pela rua sobraçando algum livro, sentava-se no Passeio Público a meditar. Semíramis o viu ali uma tarde, num banco, a gozar a sombra de uma árvore, o ar fresco, contemplando as toscas alamedas com as grades quebradas, olhando as obras para iluminação a gás. Em outro dia o viu no mesmo Passeio, a flanar, sozinho, viu-o também a caminhar lentamente num bulevar na praia de Botafogo e no adro da igreja da Glória a olhar pela amurada de pedras a paisagem da cidade, os fartos cabelos ao vento. Ele ia a alguns saraus e bailes, onde se mantinha quieto, reservado, apenas olhando as saias a bailar, um pouco zombeteiro, dava a impressão de ser alguém muito solitário. Também Semíramis o via nos camarotes dos teatros, quase sempre sozinho, como se não tivesse amigos, ou acompanhado de alguém da família. Cazuzinha ia a uma ou outra festa musical e noite de benefício, mas era como se passasse invisível por toda aquela vida esfuziante, apenas observava, tirando suas medidas. Semíramis disse que Cazuzinha era chartonista. Viu-o a jogar um ramo de florinhas brancas no palco para a musa.

A bondade de Calixto

Calixto era um homem de bom coração, disse Semíramis. Encontrou na porta do teatro um amigo de Cazuzinha, um jovem chamado senhor Machado, muito talentoso, que estava a se impor como crítico e poeta nas folhas galhofeiras. Esse jovem idolatrava a Casaloni e ia para a porta do teatro quando ela cantava, mas não tinha como comprar a entrada, ficava do lado de fora admirando o movimento, a chegada dos carros e belas mulheres, e assistia às vezes, de longe, ao cortejo que levava a diva ao hotel onde vivia. Depois o jovem retornava a sua humilde casa em São Cristóvão, onde morava num quarto pequeno e escuro, e ficava a escrever poemas para sua divindade inspiradora. Calixto lhe ofereceu seu bilhete, disse que teve um imprevisto e não poderia assistir à Casaloni, sabia que ele, Machado, era casalonista, e lhe oferecia o bilhete, desde que lançasse no palco um pequeno buquê de flores brancas, que lhe entregou. Disse Calixto que o jovem suspirou, hesitou, suspirou novamente, recusou o favor e se foi. Era brioso, cheio de orgulho. No jornal apareceram uns versos para a Casaloni: *Que importa que digam que é velha, que é feia, Que pinta o cabelo, que enfeita o carão, Se as vozes que partem daquela sereia Despertam nas almas suave emoção*, e não se sabia se eram de um casalonista ou de um chartonista. Como era diferente a vida na Corte. Como tudo me parecia irreal, débil, ligeiro, mas tão parecido com Semíramis! Como se ela fosse a dramaturga de tudo aquilo.

A Charton

A pupila de Bizet, a Charton, deusa do bel canto, não chegava aos trinta anos e era famosa no mundo por ter interpretado magistralmente a Lucia de Lammermoor, de Donizetti. Calixto era contra a Charton, *mezzo* soprano de voz cálida, delicada e de rara beleza, e a favor da Casaloni, que também era *mezzo* soprano, mas de voz tão forte que saía pelas paredes dos teatros indo ecoar nas ruas, fazendo tremer as janelas. Semíramis dizia que a Casaloni era mesmo velha e feia, parecendo um homem, uns olhos verdoengos sem movimento nem brilho, caídos e meio tontos e retentos, tinha um meneio precipitado, peito inflexo e espaçoso, uma antiga Palas, e a Charton, uma fingida, démodé, beleza falsa, cheirando a mofo. Quando a Casaloni cantava, Calixto lhe jogava ramos de flores, e ia ao seu camarim condensado por buquês de todas as cores, mandados pelos idólatras. Quando a Casaloni cantava, os chartonistas se orquestravam em pateadas, vaias, assobios, e gritos de *Charton! Charton!* O mesmo acontecia nas apresentações de Charton, gente gritando *Casaloni! Casaloni!* e pateadas tão violentas que a polícia entrava no teatro para prender os pateadores. As folhas eram repletas de tiras pagas por chartonistas, ou casalonistas, com poemas, loas, anúncios, elogios, infâmias, insultos. Semíramis pegou uma questão com Calixto, ele quis subir ao palco para coroar a Casaloni com um diadema de louros e ler uns versos que ele mesmo escrevera para a musa, e ela não permitiu. *Onde já se viu um senador se rebaixar assim!*, criticou Semíramis. Os liberais em geral eram da Casaloni, e os conservadores da Charton. Havia políticas e partidos em tudo. Verdadeiramente, as cantoras dividiam a Corte em duas. Cá para mim, apesar de saber que Cazuzinha era um chartonista e apesar de achar aquela rusga um tanto leviana, preferi a Casaloni, a feiosa. Eu contava essas histórias nos saraus de dona Angelua, deixando as pessoas sonhadoras ou embasbacadas. Tinha assunto.

Um vazio

Enquanto guerreavam entre Charton e Casaloni, eu vivia agarrada com as cartas de Semíramis, devaneando, jantando na cozinha de Tebana, nos noturnos, vagando nas calçadas e trilhas e passeios particulares, meus devaneios eram mais do que eu mesma, vivia na contemplação de alguma janela buscando os arredores, os montes azuis que me circundavam como muralhas de prisão, os olhos de dia nas nuvens e de noite nas estrelas, qual foi mesmo o poeta que disse ser a vida uma estrelinha ora no céu aberto ora nas brechas da tempestade?, e eu acompanhando o lunar destino do mundo que nasce sobe desce nasce sobe desce, contemplando a ordem celeste só para confirmar o quanto era imperioso *não* imitá-la pela moderação e constância, ou abria um romance no colo a desvendar naquelas linhas as vidas alheias, tesourando *parcamente* a gente da vila, ou deitada na rede do alpendre do quintal ouvindo o pio do quem-quem, cabeça-vermelha corrupião juriti asa-branca nambu jacu zabelê, ou andando descalça na areia do quintal, fazendo as marcas de meus pés e apagando-as, pisando e apagando, esperando uma novidade. Mas as novidades eram as de sempre, a seca distante, os flocos de algodão, os angicos que resinavam, as marizeiras que choravam, a chuva que vinha, um casamento, um batizado, um funeral na vila, as eleições, a visita do padre Simeão, uma carta de Semíramis. E o percurso dos astros, imutável.

Reza do tempo

Eeu andava a fazer interpretações, foi o padre Simeão quem me trouxe um *Lunário*, ali estavam as fases da lua e o horóscopo, eu lia o signo de Semíramis, a sondar os arcanos do futuro, *uma única mão lhe trará ferida e socorro, a inveja procura atingir as culminâncias, estarás triste se estiveres só... Goze feliz a sua paixão e navegue a favor do vento... Não deixe seu coração escravo de seu mal...* Simples... Tudo simplesmente Semíramis... seu poder irradiante de amor, de agir com intuição espiritual, um compromisso com a vida, o poder de incendiar, a vitalidade que subjugava todos em nome de uma inspiração. Ambiciosa, sabia da força que possuía e não se negava a mostrá-la, sempre cercada de pessoas, irradiando fé e magnetismo animal. Eu, na influência dos remédios universais para as enfermidades ordinárias, e as influências entre as quatro estações que aqui são só duas, inverno e verão, entre quente e frio e seco e úmido, sangue fleuma melancolia cólera, tentando predizer meu destino, vendo que caísse uma esperança do céu e se apagasse a constância da minha vida... as estrelas girando ao contrário, grande halo dançando na lua, morcegos devorando telhados, o vento varrendo as canseiras e os lunários trazendo de longe sonhos e bons horóscopos que nunca erravam, nunca acertavam, como os missais de Semíramis, palavras abertas que iludiam a quem quisesse se iludir, minha alma perdida nas constelações e no círculo da lua que presidia o governo da noite, ouvindo cantos dos noitibós, olhando os voos tontos dos insetos, ouvindo as árvores faladoras, olhando os bichos farejadores, os relâmpagos, as pedras de sal, a hóstia da missa, as fábricas de pólvora, as forcas, os fios das ausências do labirinto, os ventos correndo para o rumo nascente e arrastando as adivinhações para um nada.

Tempo no labirinto

A hora em que mais eu percebia o tempo era quando fazia labirintos, o tempo ia se desenrolando nas linhas, nos bailados uniformes das mãos, repetidos, fixados como se os fios fossem as próprias mãos pensando, os fios iam prendendo os momentos, recontando os instantes, amarrando a juventude e tudo ficava perdido ali, enterrado no algodão, naquela vigília em que eu ia dando nós no pensamento e nos sonhos e nas lembranças, nos pontos. Escolhia o tecido e tirava a metragem, uma toalhinha para vovó, ou um pano de prato para Tebana, ou uma capa de sombrinha para dona Angelua, um lenço para Semíramis. Pegava a grade, rabiscava os arabescos que eu queria, podia ser uma roseta, um ramalhete, um florão, um complicado meandro que dependia da complicação de minha cabeça naquele dia, organizava minha cabeça em fios, assim era possível também desenhar o meu formato e o de cada um. A vida de Cazuzinha podia ser uma flor, a de vovó um zigue-zague, a de padre Simeão uma sianinha, a de Semíramis um colibri, e a minha, um traço reto, a vida era um caminho e em caminho eu aplicava o sentimento que tinha nome, espinho-no-peito, carreira-de-esperança, flor-de-amanhã, capelo-de-noiva, lembre-se-de-mim, volte-antes-que-eu--morra, a-vida-não-passa-de-um-labirinto. Desfiava a fazenda, fazia o enchimento, torcia, bordava a bainha, caseado ou perfilado, o cerzido era com a passagem da linha, eu tirava os fios que não queria, melindre, enchimento, cerzido, torcia, descosendo de minha alma o vestido-de-noiva-negro, porque a beleza dos labirintos são os buracos. Mudando algumas palavras, não era a descrição de uma filosofia?

O livro de ofensas

Padre Simeão chegou trazendo um livro escrito em inglês, daquele Mister Gardner que esteve no Crato em 39. Traduziu a leitura a meu pedido. Era um diário, obra de merecimento, com belas descrições de nossa natureza, mas recheado de mentiras. Contou da intriga dos filhos naturais do padre Miguel Carlos, do padre Martiniano e outros padres do Crato, um *clero corrompido*. Chamou nossa vila de *mísera*, pequena e suficientemente mísera, que a igreja tinha aparência de *ruína*, a cadeia tinha aparência de ruína, as casas eram baixas e irregulares, e que não usávamos as cadeiras das salas de visitas, *quando* havia cadeiras, ficávamos sentadas no chão. Escreveu que as nossas mulheres eram preguiçosas, viviam *apenas* nas redes com as pernas cruzadas e só arredavam dali para se fartar de doces e água fria, passavam *o dia* fumando e bebendo água de quartinha. Os nossos soldados cumpriam seus deveres tão *molemente* que ficavam a jogar cartas ou dormindo à sombra dos outões, a porta da nossa cadeia era janela onde os presos ficavam olhando a rua, a *maioria* de moradores do Crato era de índios, ou cabras, éramos *famigerados* por nossa rebeldia às leis, nossa vila era *esconderijo de assassinos e vagabundos* de todo tipo chegados de todos os lados do Ceará, até de outras províncias, além de *nossos próprios* assassinos e vagabundos, nosso juiz de paz vivia acossado por facas e ameaças, nossa moralidade era *baixa* e só sabíamos gastar o tempo jogando cartas na calçada, os ricos a mil-réis, os pobres a grãos de feijão. Todos os dias havia brigas de faca, os homens de bem não viviam com suas esposas, mas com jovens e sem laços matrimoniais, escreveu que não éramos de fazer amizades, as festas resumiam-se a uma incessante *baru-*

lheira, e que em nossa mísera vila havia tantos enfermos necessitados do velame para sífilis que se podia aferir a vida nas alcovas. Até para com os ciganos o escocês teve maior consideração, ao menos honrou a beleza dos rapazes e moças, mas de nós falou como se fôssemos *degenerados* e *estúpidos*. Tudo estava escrito em inglês, e o povo do Crato mal sabia o que era *good morning*...

Víboras entre flores

Tudo o que disse o escocês eram mentiras e as piores, que são as *meias verdades*. Eu conhecia bem o povo na vila do Crato, vivia ali desde depois da Confederação, numa das casas que bordavam a praça, observando, ouvindo, anotando na lembrança. As pessoas eram religiosas, orgulhosas de seu torrão, dedicadas, uma gente polemista, no que lhes acho toda a razão, o motivo era que tinham fibra e fé política, e podiam contemplar sua face moral no espelho com toda a integridade de seus defeitos e qualidades, gente de guante firme mas que temperava a energia com a bondade, debaixo de uma sincera fé em Deus e em todos os santos católicos, gênero de muitos heróis e um valioso desprendimento que libertou o nosso país do jugo colonial. A maioria das famílias era de gente pacata e honesta que vivia suas vidas serenas, de lealdades, as mulheres cuidando dos filhos a quem não faltavam amor e dimensões, cuidando da própria virtude e da pureza das filhas, da educação dos filhos que iam aos magotes estudar nas capitais, às vezes até em Portugal, e quando não havia guerras a vida era de trabalho, entendimento e celebrações as mais alegres e sinceras. Uma gente como em qualquer outra vila, víboras no meio das flores, mas uma grande média sem singularidades, constante, que gostava de rir até das tristezas e desgraças e que tantas vezes passava por cima das próprias crenças para ajudar quem estivesse em atribulações ou necessidades. Assim era o nosso povo. Mas quem haveria de nos entender e explicar, senão nós mesmos?

Linhas frias

A carta seguinte era estranha, Semíramis quase nada dizia, ou dizia tudo não dizendo nada, como *no chamalote furtam-se as várias cores*, poucas linhas frias e distantes, chuva e sol, algumas frases sem sentido, criando um mistério. O que estava acontecendo com minha irmã? Mas, mexendo nos recortes de folhetins que Semíramis me enviava na mesma caixa, com uns bibelôs para mim e vovó e Tebana, encontrei outra carta de Semíramis como que escondida. Ela estava arrebatada. O fascínio de Calixto pela feiosa Casaloni passava dos limites e Semíramis suspeitava que houvesse algo entre eles. Calixto chegava tarde a casa, às vezes em leve embriaguez, e presenteava Semíramis com flores e frascos de um perfume francês e mais regalos diários, como se sentisse culpa de algo. Ela viu uma nota de compra numa joalheria da Ouvidor e esperou que Calixto lhe desse a joia comprada, mas os dias passaram e a peça não apareceu. Suspeitou que era para outra mulher, a Casaloni. Foi à joalheria e perguntou se poderia trocar a última joia que o senador lhe dera, e o joalheiro, ingênuo, disse que sim, mas não havia gostado de tão preciosos brincos de brilhantes com um pingente de pérola? Do camarote ela viu a Casaloni com um brinco de brilhantes, não havia pingente, um mero detalhe. A causa do perfume, ela suspeitava que seria o mesmo perfume da Casaloni, que Calixto fazia Semíramis usar para confundi-la. O perfume que havia nas roupas de Calixto era o perfume de Semíramis, mas era o mesmo perfume da Casaloni! Como era que Calixto podia se enamorar de uma mulher tão velha e feia? Olhos verdolengos parecendo uma água suja. Gestos desgraciosos, corpo pesado, lento, nenhuma sensualidade. Isso era o que mais lhe doía ao coração. Enfim, Semíramis tinha coração.

Razões enganadas

Mas as cousas nem sempre são o que parecem ser, vão *cambiando desde o mais grave ao mais gracioso*. Semíramis decidiu ir jantar nos Diários, numa noite em que Calixto demorava a chegar em casa. Sua intuição estava certa, mas suas razões, enganadas. Lá estava Calixto, com um grupo animado de homens acompanhados de suas messalinas, e ao lado de Calixto não estava a feiosa Casaloni, mas a bela Charton! Semíramis, como uma rainha, sentou-se ao lado de Calixto, deixando todos em suspensão, e não demorou que derramasse uma taça de vinho nos seios da Charton, como sem propósito, manchando suas alvas vestes de vermelho, e a Charton levantou-se, lívida, retirou-se, deixando Calixto trêmulo e sem ação. A Charton usava um par de brincos de brilhantes com pingentes de pérolas. Semíramis saiu em seguida, em casa trancou-se no quarto e ficou dias sem falar com Calixto. Ele demorava diante da porta, suplicava seu perdão, jurava não ter havido nada entre ele e a Charton, que jamais trairia Semíramis, que a amava, adorava, idolatrava, venerava, faria tudo o que ela quisesse. Então Semíramis abriu a porta e disse que a deixasse entrar numa companhia de teatro. *Isso, nunca*, disse Calixto. *Antes a morte.* Não sei como terminou o caso, a carta seguinte de Semíramis ignorava o assunto, e a seguinte, e a seguinte, como se as cortinas tivessem sido cerradas. Veio um recorte de folhetim e atrás a notícia de que a Charton havia tomado um navio para a Europa, acabando-se as guerras gerais e as particulares. Pouco depois, Calixto comprou para Semíramis um palacete em Petrópolis. Troca-se um sonho pelo outro, e a vida continua.

Parte 4

A falha da couraça

Um reboliço na família. Cazuzinha estava enamorado. A premiada era a filha única de um ilustre visconde com fortuna assentada no café, uma moça realmente bonita, chamava-se Chiquinha, usava os vestidos mais lindos das festas, bailava feito uma náiade com seu pezinho de *cendrillon*, corpinho de fada, boquinha de rosa, aos corrupios, deixando o Cazuza com os dedos errando em suas longas barbas. Ele a conheceu na casa de um conselheiro e ali perdeu suas antipatias pela valsa. A família já esperava casamento, tudo o que Cazuzinha queria ele alcançava, merecia, e qual menina-moça seria capaz de resistir aos seus encantadores olhos magoados de filho de senador, ao seu anel de rubi, a sua perfeição na verve de escrevinhador? Semíramis contou que Cazuzinha ainda era assistente no escritório de advogados, mas andava escrevendo nas folhas, folhetins que ele não assinava com seu nome, mas a família lia embevecida as palavras escritas pelo Cazuzinha, ele não era mais chamado de Cazuza, todos o tratavam de José. Ou doutor José. Ou senhor doutor Alencar. Para mim sempre seria o Cazuzinha, mesmo enamorado e casado. Eu queria conhecer essa Chiquinha para aprovar ou não, para ver em seus olhos se brilhavam de afeição pelo Cazuzinha. Poesias, palavras de amizade, flores murchas, *argumentos peremptórios*... Mas a tal Chiquinha o rejeitou. Foi um escândalo na família Alencar quando souberam que Chiquinha recusou convite a uma valsa num baile, e depois de rejeitar Cazuzinha, porque estava com os pés cansados, ela saiu a rodopiar com os outros moços da festa, uma sujeição programada, uma caraminhola feminina que eu achei pudesse ser tática como as de Semíramis, mas era recusa sincera e cruel, recusa familiar. Sofri com a condenação de Cazuzinha à triste realidade da vida. Nem todo mundo se dobrava a sua vontade. Ao menos a Chiquinha. E por enquanto.

O triunfo da eloquência

E Semíramis passou a mandar-me as folhas com folhetins de Cazuzinha, que ele chamava *Ao correr da pena.* Cazuza perdeu a Chiquinha, mas tornou-se o mais renomado de todos os folhetinistas do Rio de Janeiro, mais que o "pena de ouro" Otaviano, não era também uma espécie de revide? E com puro talento, com a força de sua palavra elegante, castigada, tão imaginosa quanto feliz, correta e abundante, numa *lógica cerrada e conceituosa.* Eu li os folhetins de Cazuzinha, e mesmo não sendo dada a sentimentalismos, pois não me afeta a sensibilidade romanesca e nem me comovo com facilidade, mesmo assim senti os olhos a marejar, o coração a pisar, as mãos um pouco a tremer e a voz a engasgar. Era uma realidade distante de mim, um mundo sublime, mais perto de Semíramis, porém as palavras escritas mostravam de um modo assombroso *quem era* o Cazuzinha, como ele *pensava*, como ele se sentia e olhava o mundo, e como ele era leve! Divertido! Jocoso! Irônico! E tão culto! Citava nomes que nunca ouvi, Beaumarchais, Hoffmann, La Sege, Musset... Como sabia escolher as palavras mais belas e ajuntá-las em páginas ora graves ora amenas, sem se derramar em lirismo exagerado, como sabia misturar fatos com devaneios, lugares-comuns com achados ao vento, tão inesperados, dele saltavam chispas brilhantes de graça e espírito e uma ironia refinada perpassava suas frases, sublinhando-as, ora invisível, ora explodindo em graças e zombarias. E fazia menções à história de sua família e de nossa terra, que só nós podíamos perceber nas entrelinhas, mesmo ele dizendo que *cumpria não marear essas reminiscências de glória*, e num rebate apanhava tudo, *sem ceder ao triunfo da eloquência.*

O amor nas entrelinhas

Chiquinha estava nos comentos secretos de todos os correres de pena, ela ia aparecendo aqui e ali até dominar as páginas, resumiu a galeria feminina em um só espécime, a boneca parisiense que flanava pelos salões, o *pálido lírio languidamente reclinado sobre a haste delicada*, o *oásis no meio das vastas sáfaras de areia* que o fazia ver tudo cor-de-rosa e respirando um ar *perfumado de bafejos da ventura*, e eu sentindo de chofre o coração apertar-se tomado por um pressentimento, era ela quem lhe dava esperanças de que o *deslumbramento passasse rápido como o pensamento que o produziu*, e se o homem caminhava com os olhos fitos na sua estrela, era ela a estrela que o fazia desperceber as misérias do mundo, nela era que ele não encontrava um eco, uma voz que lhe respondesse *aos abalos do coração*, ela quem lhe causava temor da mulher toda falsificada, um verdadeiro cabide de vestidos, o olhar todo fingido, o sorriso todo enganoso, a palavra mentida, era a Chiquinha quem singrava as águas límpidas e azuis da baía para passar em Petrópolis o gozo de dias descuidosos, esquecendo-o do lado de cá a imaginar a pitoresca jornada de sua amada, a quem ele esperava na praia de Botafogo sexta-feira à noite para olhá-la pisar a areia com seu sapatinho de cetim e ele, um Ossian, um Romeu, um Fausto improvisado, era Chiquinha a quem ele procurava nos camarotes do teatro, a *feição mimosa e acetinada e o colo alvo de jaspe*, era ela com a família que Cazuza via no Passeio Público às nove da noite e ele, sentado num banco de pedra, contemplava a passeadora, vendo-a como alguma promessa, um *oráculo de presságios e vaticínios*. Maus presságios, piores vaticínios.

A ponta da anágua

Os folhetins abriram a Cazuzinha todas as portas da sociedade e ele passou a ser chamado às reuniões mais elegantes em palacetes de renomados juristas, políticos, generais, viscondes... Era o centro de atenções, rodeado de gente. Semíramis o viu num desses bailes, onde estavam as mais cobiçadas jovens e os mais desejáveis partidos. Lá reinava a Chiquinha arrastando um vestido de sonhos, com cauda e tudo. Semíramis disse que viu quando a maliciosa Chiquinha passou perto de Cazuza, bem perto, ele conversava com algumas senhoras, muito concentrado, quando percebeu que a cauda do vestido de Chiquinha se prendeu na ponta de seu sapato e soltou-se da saia, caindo ao chão, deixando ver uma ponta da anágua que forrava o vestuário. Cazuzinha se deu conta e enrubesceu, levantou-se, mudo, a olhar o desastre. Chiquinha se foi, demonstrando toda a sua elegância, arrogância e altivez. As moçoilas ficaram exultantes, a rainha da festa se retirou, deixando-as sem a rival, pois Semíramis, apesar de toda a sua majestade, era casada e carta de *outros* baralhos. Alguns admiradores de Chiquinha dirigiram palavras desaforadas ao pobre Cazuza que só sabia se desculpar, mesmo sendo inocente na questão. Quase nem houve mais contradanças, tal o murmurar nas rodas, e depois nos outros salões, por dias seguidos, debatendo-se a inocência ou culpa do bico do sapato, porque tanto podia ser um centímetro para lá, como um centímetro para cá. Quando o viram com a cauda no sapato, Semíramis e Calixto foram falar-lhe, Cazuza estava frio, trêmulo, e Semíramis me escreveu, *Para soltar-se assim tão facilmente, o rabo devia estar alinhavado.* Sugeria uma tramoia de Chiquinha contra Cazuza para acabar de profanar seu estro e deslustrar seu nome. Pura maldade no gênero feminino.

Maldade masculina

Mas também existia maldade no gênero masculino. E Cazuzinha, que não era poeta, arriscou-se no estilo e mesmo escorregando nas trovas não tolerou a desfeita sem protesto. Escreveu para Chiquinha uns versos que Semíramis me mandou, primeiro uma jura de esquecimento, mas tão perversa, começando com *Ainda és bela!* queria dizer, em pouco a Chiquinha ia perder o que tinha de seu, uma mera e efêmera beleza de mocidade, e Cazuza picou com espinho envenenado os versos com as palavras, *lábio altivo*, *lúbrico sorriso*, *estátua*, *lenda triste*, *infeliz passado*, *sombra errante*, *fria imagem*. Depois, em "Desprezo" e em "Decepção", acabou de guilhotinar a cabeça da Maria Antonieta: *Talvez um dia o mundo caprichoso procure, nobre dama, algum vestígio da mulher que meus livros inspirava; não achará porém do teu fastígio senão traços de lágrimas perdidas, arcano de uma dor desconhecida. O tempo não respeita a altiva fronte*, mais uma vez a promessa da beleza efêmera. E *a riqueza, o brasão, tudo consome; um dia serás pó, e nada mais; ninguém se lembrará mais do teu nome. Mas para que de ti reste a memória, mulher, no meu desprezo eu dou-te a glória*. Finíssima e mordaz maldade: enquanto ele estava destinado à glória da posteridade, Chiquinha teria apenas o esquecimento. No entanto, num gesto de *generoso desprezo*, se é que isso existe, Cazuzinha fazia com que ela sobrevivesse ao fim, mas apenas como a mocinha leviana que o rejeitou e virou pó. Sabia ser cruel.

Pólen envenenado

Tentava o Cazuza não se fascinar com promessas brilhantes que nunca se realizavam, esperando que o tempo desse um pouco de juízo à cabecinha louca de sua amada que flanava a tirar o juízo de quem o tinha, e sonhava dançar com Chiquinha no meio de relvas e árvores, ela num vestidinho branco, um penteado simples, talvez tranças, isso eu lia nas entrelinhas. Todo ele era esperanças. Mas Chiquinha foi-se embora para a Europa, carregada pela família que a queria longe do ousado pretendente, e se desvaneceu levada pelas brisas do mar, a perfumar outros salões, ele esperava que Chiquinha pudesse sentir as reminiscências de tempos passados, mas ela era uma *roseira coberta de flores em torno da qual os colibris adejavam a ver se colhiam um sorriso ou uma palavra meiga e terna*, mas *a roseira só tinha espinhos para os que se chegavam a ela*, os *estames delicados guardavam o pólen dourado do seu seio para lançá-lo talvez às brisas das margens do Reno ou do Mondego*, Semíramis disse que a Chiquinha foi para a Alemanha e para Portugal, daí Renos e Mondegos, daí todas as odaliscas, anjos flores estrelas essências auréolas, folhinhas de árvores, cardos, goivos, acenos contidos, violetas, tudo parecia referir ao amor desiludido, ele chegou a lhe suplicar um mero sorriso! Sofri ao perceber Cazuza mendigando um gesto de Chiquinha e se humilhando, chegou a tornar público o objeto de sua afeição, aos *leitores curiosos por saber o nome e que letra era aquela que o incomodava tão seriamente, a ponto de fazê-lo sonhar com ela no meio de um baile*: *o nome não o lhes direi, mas a letra é um C*. Sem dizer, disse.

Espinafrando a valsa

A valsa para Cazuzinha passou a ser uma cousa insuportável, capaz de tornar feia a mulher mais bela, *quando os traços firmes e suaves se decompõem e o sorriso se desfaz num arfar cansado e ofegante e as rosas secas de uma face parecem papoulas ao meio-dia*, a valsa estrompava até as primeiras valsistas e seus sete pares entregues à audácia de carícias e estreitos abraços, aos movimentos galopados, sacudidos, e transpiração igual, um gafanhoto em negócios com uma embezerrada vermelha, esfalfados, *Acabou-se o espírito!*, e se o Lord Byron havia escrito uma poesia dedicada à valsa, como disse Cazuza, ninguém se esquecesse de que o poeta era coxo e a valsa era um estrupício, um equívoco a ser banido de todos os salões e bailes, bem tinha feito a rainha de Mecklenburg, muito melhor dançar o ril da Virgínia que fazia os pares se alternarem enquanto dançavam, ainda assim Cazuza queria uma contradança com a mão na cintura de Chiquinha, mesmo que fosse alternativa, a moça não ia ficar na Europa para sempre e ele se embalava em esperanças, mas o golpe final foi a notícia vinda no navio: o visconde empenhou o casamento da filha com um conde português de Ribafria, não sei se Ribafria era o nome dele ou o do lugar, mas era a fria história de uma alma no bolso. *Juventude despedaçada, alma aviltada, honra perdida, são os teus frutos, ó paixão triunfante!* E a pena corria.

Leitura ao correr do amor

Semíramis esteve em casa do padre Martiniano, quando Cazuzinha leu para a família reunida um de seus correres da pena. Foi depois do piano de dona Ana Josefina, depois de seu renomado chocolate. Leu com voz de ironia, cercado pelo padre Martiniano, dona Ana Josefina, dona Florinda, dona Brasilina, os tios, os irmãos, o senador Calixto com sua viçosa esposa loura, e outros políticos liberais, e a criada Ângela, as cunhãs, escravos, todos acorreram à leitura, que Cazuzinha fez mordendo os dentes, zombando, pausando para explicar a origem de algum detalhe, por que havia escolhido tal ou qual palavra, a responder perguntas, dando o crédito a cada citação de frase de dona Ana Josefina ou do pai, numa sala austera, com móveis sem nenhuma antiguidade familiar, sem noção de conjunto, umas cadeiras alternadas, tudo sem luxos, cousa de famílias nômades ou guerreiras. Dona Ana Josefina derramava grossas lágrimas nas mãos postas no colo e Semíramis pensou se ela chorava de emoção pelo talento do filho ou se estava ainda mais desconsolada com o mal de peito do filho, ou se andava esquecida desse assunto pois Cazuzinha parecia curado, até mesmo uma corzinha rósea se apresentava na sua pele fina e sua debilidade franzina não era mais tão imperiosa. Desde que ele se tornou folhetinista, Semíramis andava meio caída por Cazuzinha, cessaram as ironias, só lhe tinha elogios e adorações, e ela mesma estava mudando, agora lhe aborrecia o baile, jogava bilhar, andava pegada nos folhetins, nos romances, até mesmo nas poesias, chegou a tomar uma assinatura num gabinete de leitura à rua da Alfândega, em busca de novelas francesas e belgas, e onde encontrava casualmente o Cazuzinha se refugiando das desilusões da vida nas páginas de fantasia. Deu-me confiança. E lhe escrevi perguntando se ela acreditava que por algum acaso o Cazuzinha se recordava de mim.

Noites de céu azul

Como poderia o Cazuzinha se recordar de mim se me viu apenas duas vezes, a primeira quando acabava de nascer e a segunda, quando tinha somente nove anos de idade e passou pelo Crato a caminho da Bahia? Mas Semíramis me respondeu, demorou a resposta porque precisou consultar ao Cazuza pessoalmente, e disse que ele nem hesitou, lembrava-se de mim, como poderia ter me esquecido?, e poucos dias depois falou de mim em seus correres de pena, diz Semíramis que quando ele escreveu que *se fosse uma semana bem calma e bem tranquila, em que os dias corressem puros e serenos, em que fizesse umas belas noites de luar bem suaves e bem calmas, de céu azul e de estrelas cintilantes, lembrar-me-ia de alguma moreninha da minha terra, de faces cor de jambo,* ojos adormidillos, *como dizem os espanhóis*, estava se referindo a mim, era *eu* a moreninha de sua terra, de faces cor de jambo, *ojos adormidillos*, e não era uma perfeita descrição de mim quando mocinha? Não, ele diria: *moreninha de rosto redondo lunar e bem feiosinha, curiosa e mandona.* Mesmo assim acreditei em Semíramis, mesmo conhecendo minha irmã como sempre a conheci, mesmo não me reconhecendo na moreninha de faces cor de jambo. Acerca dos *ojos adormidillos* talvez fosse correto, muitas vezes eu tinha tanto sono no meio das pessoas, ficava tão entediada que meus olhos desciam, quase adormecidos, mas não lânguidos. Ademais, onde é que havia céu azul de noite? As noites no Crato eram às vezes tão suaves e nítidas que pareciam azuis, como um transbordo das serras, cultivadas por tiros das estrelas. E Cazuzinha escreveu uma charada para mim: *Ternas queixas/ Desse amor/ Tem perfume/ Qual a flor — São bem tristes,/ Maviosos/ Pungem alma/ Tão queixosas. — És lindeza/ Feiticeira/ Mais qu'a rosa. — És faceira/ Moreninha/ Linda garça/ Trigueirinha.*

O folhetim A viuvinha

Eis que apareceu um romancete de Cazuza, intitulado *A viuvinha*. Era já seu segundo ou terceiro, e com apenas algumas páginas, o primeiro folhetim, o segundo e o terceiro, depois uma pausa, depois o quarto, mais alguns, espaçados, e a história cessava sem se concluir. Semíramis juntou as folhas, mas nunca me mandou. Apenas contou que eram uns escritos ligeiros, graciosos e encantadores, feitos como distração e repouso da tarefa do jornal que Cazuza dirigia *fatigado de trabalho, urgido pelas ocupações do dia*, os *primeiros saltos de uma ave que ensaia o voo para fora do ninho*, um bater das asas de seu espírito, e que espírito de imaginação! A trama era fantasiosa, mas ia me fazer recordar meu passado: um noivo matava-se na noite do casamento. Não era a minha história? Quem poderia negar?, dizia Semíramis. Cazuzinha escrevera um livro em que *eu era a heroína!* Os folhetins de Cazuzinha, acreditava Semíramis, assim como a própria vida, eram traçados por menções secretas às suas correntes, ele tecia uma novela com os fios de uma ventura real. Como poderia ignorar a história de meu casamento, comentada pelo povo do Crato durante séculos? *Séculos*, maneira de dizer, e mais uma farpa enterrada em meu dedo. Logo suspeitei que Semíramis criava toda essa trama para preencher meus dias, para se divertir com seu próprio talento de simuladora. Pedi uma prova.

Papel em linho

E a prova veio em forma de uma carta ajuntada à carta de Semíramis. O envelope continha impressas as iniciais J. A. douradas e sinuosas. Meu nome estava escrito numa letra caprichosa e masculina, subscrito *em mãos*. Abri-o, esfriada por uma impressão de vento interior. Havia apenas uma página, que desdobrei. Olhei logo a assinatura ao pé da página, num papel em linho macio e delicado, com as mesmas iniciais douradas à cabeça. *José de Alencar*. Eu recebia uma carta de Cazuzinha! Li palavra por palavra num tumulto de sensações que me impediam de compreender o que significavam. Reli e reli nem sei quantas vezes, até que as vagas amainaram e pude penetrar as belas sentenças no próprio estilo dos correres da pena. Cazuzinha desculpava-se por usar uma história tão dramática e verdadeira em folhetins, lidos entretanto por uns poucos fluminenses. Mas para não amargar o mel da ilusão, cuidara de omitir nomes, lugares, situações. Sofrera a tentação de descrever a verdade do casamento, o vestido negro, mas seria uma história alheia e não de sua própria imaginação. *Assim o romancista que buscar o assunto do seu drama nas vidas de antepassados, não pode escapar à própria memória. Mas os escrúpulos, o pudor, nasceram dessas leituras íntimas, quando eu era trespassado pela impressão profunda das perguntas familiares. Daí veio o abandono desse romancete*, dizia Cazuzinha, *apresentando apenas no seio particular da minha família o seguimento dos fatos.* Que eu não me vexasse, *ninguém jamais saberá a inspiração dos folhetins*. Mas eu mesma queria botar nas folhas do mundo todo que Cazuzinha, o José de Alencar, buscava sua inspiração numa viuvinha obscura da Vila Real do Crato.

A ópera da heroína

Desde então eu só pensava em Cazuzinha, em como ele havia retirado uma nódoa de minha vida transformando-a em folhetim, já não me doía a minha desilusão, a minha memória trágica mudou de rumos e passou a dramática, tudo então me parecia uma cena de romance, de teatro, de poesia. Figurou-se a arte. Havia um sentido na minha vida, mesmo sendo tão prosaico, a imprimir os caracteres de um verdadeiro tratado musical. Caí em mim. Daria não um romancete, mas um verdadeiro romance, daqueles de cavalaria, com as cenas da Confederação, a heroína atirando e matando milicianos quiçá inocentes, com o coração adoçado por sentimentos feminis e amargado pela varonia de sua alma. Eu não me sentia mais culpada pela tragédia de Decarliano. Padre Simeão dizia que as cousas acontecem apenas para serem cantadas, e se não forem cantadas, deixam de existir, só aconteceu a Guerra de Troia, dizia o padre, entre dois continentes, a morte de tantos heróis, para que Homero as escrevesse em seus versos imorredouros, e lá estava eu e meu pequeno drama interiorano, cantado, elevado aos altares das grandes loas. Estava fundamentada a caixinha de Semíramis. E eu me abraçava aos recortes de folhas, às cartas de Semíramis, à carta de Cazuza, deitava na rede e passava o dia ali nas palavras, balançando, decorando frases. *Escritos relidos abalam almas determinadas*, dizia vovó. Semíramis como um tição punha fogo às ausências de minha vida, e eu, a medo, dava ao fogo minhas horas de melancolia. Um coração assediado por tantos ardis, e ninguém seria capaz de cortar minhas asas purpúreas. Ninguém, a não ser Semíramis.

O poder do epigrama

Aconteceu que o doutor Brígido, que tinha dívidas políticas com o meu avô, estava de partida para o Rio de Janeiro, com dona Angelua, filhos e agregados, e eu disse a vovó, *Eu vou.* Ela apertou seu cigarro de palha e o acendeu, engoliu a fumaça, soprou, fazendo mimo enquanto eu esperava seu juízo, até que deixou escapar aquele seu sorriso que era um enigma, e disse, *Toudos à fogosa!* Era impressionante o poder de seus epigramas, e quanto mais misteriosos, maior o efeito. Quase desisti. Mas quando veio o padre Simeão a me aconselhar que não fosse, a quase dar ordem para que eu não viajasse, falando dos perigos na estrada e nas distâncias, lhe disse que me abençoasse pois eu ia. Fui conversar com dona Angelua, ela se comoveu com a companhia e com uma irmã que queria visitar outra irmã no Rio, tão bondoso o seu coração, e acertamos a minha ida. Mandei a Semíramis uma carta avisando da minha chegada no vapor. Peguei uns papéis com o doutor Sucupira, cego como vovó, e juiz de direito. Comprei umas mezinhas no Garrido Boticário. Vizinhos vieram me entregar encomendas para parentes no Rio. Fui arrumar a canastra, sem saber o que levar, eu quase não tinha roupas, e todas tão sovadas, encomendei na banca de dona Francisca um vestido leve de viagem, um chapéu novo, uma capa, sombrinha, um vestido de sarau, com seus acessórios, mas que não fosse enfeitado, teci um véu para dar de presente a Semíramis, comprei um cachimbo engastado de prata para Calixto, uns presentes para os meus sobrinhos que eu ia afinal conhecer, arrumei a canastra numa sofreguidão de criança, despedi-me de vovó com tantos beijos que quase a sufocaram, tomei a cesta que Tebana preparou com água e vitualhas para as fomes nos caminhos, abracei Tebana e recomendei que tudo me avisasse por carta, e subi na carroça com dona Angelua, feito um bacumixá, que só dá fruta de sete em sete anos.

Estranho lugar

Vi a face do doutor Brígido quando ele saiu de casa, pronto para partir, com seu chicote na mão, e esfriei, uma cara séria olhando para mim. Pediu que eu apeasse da carroça e falou, com seu modo educado e jeitoso, *Sinto muito, mas não posso levar vosmecê.* Fiquei pálida, olhei dona Angelua, que estava mais branca do que eu, parecendo uma estátua. O doutor Brígido disse que não era certo eu viajar deixando sozinha a minha avó, havia pensado nisso a noite toda, e que jamais se perdoaria, e eu também jamais perdoaria a mim mesma se Deus nos livrasse de acontecer algo com vovó e eu estar tão longe. Que esperasse, sempre alguém estava indo para o Rio e dali a uns tempos, livre de minhas obrigações familiares, eu podia até me mudar para a Corte, se quisesse seguir o caminho de Semíramis. Pediu que eu compreendesse suas razões. Eu não disse nada, nem mesmo estranhei o nome de Semíramis aparecer ali, mandei o criado pegar a minha canastra, a cesta, fechei a sombrinha e voltei para casa, certa de que era pedido de vovó, que me esperava com aquele sorriso irritante nos lábios estreitos, e ela disse, *Mas o Rio é tão perto?* Dias depois eu descobri que era uma carta de Semíramis o motivo da minha desonra, uma criada de dona Angelua contou a Tebana que me contou, Semíramis escreveu ao doutor Brígido suplicando que não me levasse, para não deixar a vovó sozinha, um pedido assinado também pelo senador Calixto que era do mesmo partido do doutor Brígido e tinha suas influências políticas a favor. Mas talvez fossem outros os cuidados de Semíramis. Cortei os dois vestidos em tirinhas e os lancei ao fogão de Tebana, junto com sapatos, luvas, chapéus, a casa se encheu de fumaça.

Jogo virado

Escrevi a Semíramis contando de minha revolta, como podia ela tratar assim a uma irmã? Não tinha mesmo coração, eu entendia suas razões, mas houvesse sido franca em vez de dissimulada e teria me poupado uma humilhação, mais uma vez ela manipulava minha vida, como se eu fosse um mero joguete em seus artifícios, derramei todo o meu sentimento numa longa carta de seis páginas que ela fingiu não ter recebido, simplesmente ignorou minhas demandas, nada respondeu, nada explicou, disse de uma possível viagem sua à Europa que significava uma separação de Calixto, iria para castigá-lo por sua tirania, falou de si e se esqueceu de mim, virou o jogo, seu casamento ia mal, Calixto não a amava mais, não lhe devotava os mesmos cuidados e Semíramis não sentia mais felicidade ao lado dele, depois de tanta dedicação, anos obedecendo aos seus anseios, compreendendo suas impossibilidades, dando-lhe forças nos momentos em que ele fraquejava, acompanhando-o a compromissos por assuntos da política, recebendo em sua casa pessoas que não interessavam em nada, que não sabiam de óperas, romances, não liam nem mesmo Victor Hugo, não sabiam quem era Adelaide do Amaral, não dançavam, não cantavam, conversavam apenas de tramas por disputas de gabinetes, mandatos, dissoluções de legislaturas, candidaturas, e as mulheres, em rodas separadas, como se estivessem nos interiores mais atrasados das províncias, falavam de cousas bem levianas, quem casou quem não casou, quem foi quem não foi ao clube Diários, quem vestiu quem não vestiu mantilha, que padre rezou tal missa e o que disse no sermão... Nossos mundos, disse Semíramis, estão se distanciando. Quis para mim nunca mais escrever a Semíramis, nunca mais ler suas cartas, mas eu precisava dela, e logo toda a embrulhada foi esquecida, mais uma vez eu cedia, e desta porque Semíramis passou a me mandar os novos romances de folhetim do nosso *pena de ouro*.

Entre poeiras e teias

Homem-feito, Cazuzinha comprou uma pequena casa no largo do Rocio e foi morar sozinho, tendo a velha e doce caseira Ângela para cuidar de suas roupas, seus lençóis, suas poeiras e teias. Não era possível mais morar na distante chácara do Maruí e foi para perto de seu emprego, podia ir a pé. Era um solteiro desiludido, e eu pensava que seria assim para sempre, combinava com seu temperamento e seu modo de vida. Dona Ana Josefina fez questão de mandar fazer uma reforma na casa, que estava a ruir, Cazuza andava muito ocupado, sempre a passos apertados na rua, sem falar com ninguém, ruminando pensamentos cardeais, Semíramis e Calixto cruzaram com ele e disseram um bom-dia, mas Cazuza nem respondeu, ensimesmado. Ruminava um novo folhetim. Nesse tempo ele dirigia o *Diário* e ali mesmo publicou os primeiros capítulos, dia a dia, Semíramis recortava as páginas e me mandava por quinzena. Era a história de um índio, forte entre os fortes, munido de graça e inteligência, a pele com reflexos acobreados, olhos sinuosos, boca grossa e modelada. Jamais estimei os índios, tinha medo dos guerreiros em pesadelos, as histórias de ataques não iam lá muito distantes, e os que eu conhecia eram quase sempre cabras desdentados e imundos cobertos de cananas com cartuchos. Das cunhãs eu gostava, eram doces, boazinhas, meigas, mas retraídas e sonsas, quando Tebana queria dizer *falsidade*, dizia *cousa de cunhã*. Mas Peri era o índio puro, solto nas matas do tempo antigo, talvez mesmo forjado com as lendas do grande guerreiro cariri. Lá vinha Cazuza mais uma vez para os meus lados, tudo o que ele pensava era entrelaçado com minha *teogonia*, palavra do padre Simeão. Li com um fascínio espantoso e vi que não era apenas eu com minha mania de gostar de tudo no Cazuzinha, pois li para vovó e Tebana e elas sentiram a mesma curiosidade, a mesma vontade de saber o que acontecia depois, e depois, e depois, enchendo-me de perguntas, olhos cintilantes e marejados. Eu nunca tinha visto vovó derramar uma só lágrima, nem na morte de vovô. Chorava por Peri.

Barulho de um romance

O Rio de Janeiro em peso lia o folhetim, enleado com os amores e fascinado com os perigos, *Verdadeira novidade emocional o novo folhetim do Cazuzinha*, Semíramis agora voltava a usar o apelido de infância para mostrar que era íntima do folhetinista. Mostrava naturalidade com o sucesso de Cazuzinha, como se já soubesse de antemão o seu inevitável florescer como o maior dos folhetinistas nacionais. Calixto era assinante dos *Diários*, mas Semíramis mandava a aia correr atrás dos meninos jornaleiros para me conseguir um exemplar, cada vez mais difícil, os números que havia eram passados de mão em mão, não faltava quem os vendesse a maior preço ou oferecesse uma coleção dos antigos, e Semíramis via leitores nas ruas, nas praças, nos clubes, nos restaurantes, nas antessalas dos teatros, nos cafés, nas confeitarias, algum senhor em pé ou sentado num banco, rodeado de pessoas que ouviam, suspirando, absortas e sacudidas, as peripécias do guarani, liam em todos os lugares, homens, senhoras, velhos, até uma amiga de Semíramis estava aprendendo a ler para acompanhar o folhetim. Os belchiores o tinham a cavalo do cordel, embaixo dos arcos do paço, ou na livraria da rua dos Ciganos. E não era apenas no Rio, um amigo do Calixto esteve em São Paulo e na Bahia, onde as pessoas iam esperar a chegada do correio para saber a continuação da trama selvagem. Na escola de direito, onde Cazuzinha havia estudado, deviam estar comentando e seguindo a trama, sem saber que era um cursista que passara um dia por ali. Seus professores se descobrissem o autor dos folhetins certamente ficariam orgulhosos, dizendo, *Eu dei aulas a este menino. Eu lhe ensinei.* Os que tinham alma de jogador faziam apostas a dinheiro sobre o desenrolar do romance puro de Peri por sua loura Ceci, mas Cazuza sempre surpreendia com uma reviravolta. E decerto os folhetins chegavam nos navios até as margens de um certo Mondego, um certo Reno, onde alguma jovem casada com um visconde acompanhava a suspirar, *Ah, por que não casei com ele?*

Índio de ópera

Quem não gostava de Cazuzinha, quem era invejoso, ciumento, malfadado, dizia que ele estava apenas remoçando um velho manuscrito que havia encontrado num armário da casa onde morava, estragado pela umidade e roído de cupins, esquecido por alguém. Ele mesmo, o Cazuza, havia confessado num prólogo seus longos serões em noites de inverno a decifrar as frases de um original. Que os índios não eram nada daquilo, Peri e seus guerreiros não passavam de indígenas de ópera cômica, selvagens de casaca, e tudo saía não da imaginação de Cazuza, mas das velhas páginas dos viajantes coloniais que lera na mocidade, D'Abbeville, D'Evreux, Simão de Vasconcelos, Rocha Pita, Pizarro, Brito Freire, Mawe e outros, e era uma repetição de histórias de um escritor francês e de um americano: Chateaubriand e Fenimore Cooper. Queriam feri-lo no âmago. Mas tudo era encanto e as máscaras caíam. Achei Ceci parecida com Semíramis, loura, alva, vária e caprichosa, batia com o pé no chão quando era contrariada, e isso me deu uma ponta de ciúmes, porém era mais fácil ela ser inspirada na Chiquinha, será que a Chiquinha era loura? *Mimoso do público, cortejado pelas folhas, cercado de uma voga de favor, cevado em ouro*. Diziam que Cazuza estava rico, riquíssimo! Semíramis acreditava nesse fausto, como poderia ele não estar com os bolsos abarrotados? Calixto dizia que não, os folhetinistas ganhavam para os cofres dos jornais e recebiam pouco. Os *Diários* estavam falidos, o lucro entrava para saldar dívidas. Cazuza continuava morando na casa velha ainda em reformas que não terminavam nunca. Ele não se deslumbrou, continuava a almoçar em casa, a ir a pé para o mesmo emprego, a fazer suas mesmas caminhadas nas mesmas ruas ou no Passeio Público antes do jantar e a jantar no mesmo Hotel de Europa, onde agora voltavam a cabeça para olhar sua entrada e era cercado de admiradores e perguntas sobre a trama. Andava ainda nos teatros e nas sociedades recreativas, como um homem comum e solitário, mas era um romancista nacional.

Vizinha de um poeta nacional

Esqueceu-me dizer, conheci um poeta nacional: chegou à vila do Crato uma comissão enviada pelo imperador, o Crato estava se tornando passagem de científicos ilustres. O presidente da comissão era o mais renomado botânico do Império, chamado doutor Alemão, mas nada tinha de germânico e falava em português. Era velho e sabia também francês e latim, vivia flanando pelas ruas e casas, enfiava em todos os lugares da vila, quase sempre só, era assíduo nas conversas crepusculares das rodas do Sucupira, ia ler os arquivos da municipalidade, fazia excursões pelas redondezas, e o resto do tempo, escrevia e desenhava folhinhas e besouros. Proseava com todos e qualquer um, veio falar com vovó a fazer perguntas sobre o Pinto Madeira, por sorte não mencionou dona Bárbara, e até com Tebana conversou, sobre culinária e ervas de cheiro. A mim nada perguntou, pois eu, escolada com o maledicente escocês, lhe amarrei a cara. A comissão foi para coletar as mesmas florinhas e besouros de Arruda da Câmara e Gardner, dizia a gente que eles queriam medir o Brasil e o entregar aos ingleses, que iam depois escravizar o povo do Ceará. Um deles tocava cornetinha para as moças, que o renegavam, e dizem que de noite ele se entregava à devassidão, arrebanhando pardas e sujeitas fáceis. O *poeta nacional* era dessa comissão, eu o vi caminhando na rua, sozinho, a olhar para os lados mas sem conversar com ninguém. Seu nome era doutor Dias. Parecia um anãozinho, mas boa figura, rosto realmente bonito e devaneador. Como era que um homem tão pequenino podia ser poeta nacional? Eu o segui e vi que entrou no mercado, mas nada comprou, apenas olhava as pessoas com curiosidade. Depois ele seguiu para a casa do Ratisbona, onde se hospedava. Foi o padre Simeão quem disse que ele era poeta nacional, e antes de escrever a Semíramis sobre esse encontro pedi ao padre que me conseguisse um livro desse poeta nacional. Padre Simeão disse que o doutor Dias estava tão encantado com o vigor de nossas terras que desejava comprar um sitiozinho nas vizinhanças, para fruir das águas frescas e das florinhas.

Grau elevado

Demorou até que o padre Simeão me conseguisse o livro, *Primeiros cantos*. O primeiro dos primeiros cantos era sobre o exílio, umas palavras simples e bonitas, um embalo sonoro, mas era singelo o poema que parecia escrito para crianças. Achei tão fácil escrever poesias, que ensaiei algumas. Descobri que escrever poesias simples é tão complicado como escrever poesias complicadas. Os demais cantos tragavam as dificuldades poéticas, eram de engenho mais sinuoso, longos e às vezes incompreensíveis, mas causavam tanto sentimento quanto o primeiro. Devo confessar, acabei sem querer decorando os versos, tão fáceis! E quando o vi novamente, às ave-marias, a caminhar na rua do Vale, uma triste e pobre rua mas larga e longa como a desilusão, ainda solitário e absorto, de aspecto frágil, tão desprotegido, desconsolado, a dar esmola a um aleijado, a depositar moedas no Cruzeiro, meu coração bateu por ele, comparando-o ao Cazuzinha em seus sentimentos, em sua têmpera de tudo sentir e elevar o grau. Pensei se era justo ter de sofrer tanto por se inspirar, se as palavras em arte vinham das dores e exílios d'alma. Não vivia Cazuzinha um eterno exílio? *O talento é uma religião e a palavra, um sacerdócio. Espíritos sonhadores, alheios à vida prática, sem seriedade para enfrentar os problemas nacionais... pássaros taciturnos e graves, a vaga tristeza das profundidades, que se encontra nos abismos da terra e nos da alma...* Assim eram os poetas. Como Cazuzinha, o poeta nacional era americano em seus temas, cantava índios belos e polidos, virgens deitadas nuas na areia, a escravidão do ser. Havia a honra, a guerra, o pai. Mas tudo, tudo ao final se encerrava no amor, essa ave de arribação que eu só via de longe, tênue e desconhecida.

Beijo prestes a voar

O senador Calixto aproveitou a proximidade de Cazuza e quis escrever nas páginas dos *Diários*, andava por lá a espreitar o êxito, tinha quimeras poéticas, inspirado por sua rainha asiática e outras musas, mas Calixto acabou nas tiras de política, ele contava que impressionava a facilidade de Cazuza para escrever uma página, qualquer que fosse o tema, o "menino" fazia tiras de última hora para preencher algum vago da folha, artigos *ligeiros, graciosos e encantadores, ele sempre tinha assuntos fornecidos pela sua vasta inteligência e feéricas inspirações*, dizia Calixto, *a mão corria agilmente sobre o papel, deixando aí impresso o que lhe brotava de sua mente privilegiada e de tal modo que tais artigos pareciam já estar feitos, medidos, decorados*. Cazuza andava se queixando do silêncio das folhas, nem uma palavra sobre sua façanha indígena, nenhum elogio, nenhuma crítica, nem mesmo uma simples notícia do folhetim, estava decepcionado. Queria muito de si. Não lhe bastava o que acabara de conquistar: o coração de todo um povo e a coroa entre todos os literatos. Os colegas folhetinistas também ficaram mudos, talvez ressentidos, Cazuza era um sujeito frio, recolhido, língua solta, não andava nas confeitarias e no círculo boêmio da Ouvidor, não fazia amizades, não brindava aos poetas eleitos, e sofria com o *pretensioso desdém da roda literária, que o tinha deixado cair nas pocilgas dos alfarrabistas*, mesmo tendo ele aberto uma *rota aspérrima através da indiferença, desbravando as urzes da intriga e da maledicência*. Até mesmo no Crato chegou a fama de Cazuza, o filho do padre Martiniano brilhava na Corte, o neto de dona Bárbara respirava a pátria. E eu, deitada na rede, chegada a decorar páginas, a suspirar após uma luz que me fulgia: *Um sorriso divino desfolhou-se da boquinha de Cecília; seus lábios abriram-se co'as asas de um beijo prestes a voar. A palmeira arrastada pela corrente impetuosa, correndo com uma rapidez vertiginosa, desapareceu no horizonte.* Terminava sem dizer o fim, prolongando a imaginação dos leitores e leitoras.

O verso e o reverso

Recolhia-se, surgiu como homem altivo, triste, numa solidão que ele mesmo criava em torno de si, mas nessa solidão crescia o seu talento. Semíramis estava exultante, Cazuzinha escrevia drama para teatro. Ela mandou costurar o mais belo de seus vestidos, queria impressionar na noite de estreia de seu "aparentado", uma noite no Teatro Ginásio Dramático onde eram representadas farsas que *não primavam pela moralidade e decência*, e as senhoras enrubesciam por ouvir *uma graça livre ou um dito grosseiro*; não era o São Pedro, onde costumava ir o imperador: mas era um teatro. Só a família e amigos sabiam o nome do autor daquele drama de casaca, na verdade uma comédia que se passava metade na rua do Ouvidor pintada por Bragaldi, metade numa casa de família no bairro das Laranjeiras, o mesmo onde morava Semíramis. Fina cortesia de salão. Quem fazia o papel da heroína era uma conhecida de Semíramis, Adelaide do Amaral, a quem Semíramis procurava imitar, uma atriz com fiel compreensão dos caracteres que representava, usando da *naturalidade*, último grito em interpretação, longe dos vícios da velha escola declamadora. Verdadeira, sem exageros, porém calorosa, ungindo perfeitamente a frase ao gesto, tocando as teclas dos sentimentos, as palavras lhe deslizando dos lábios, nada dos exageros daqueles atores do São Pedro. A noite foi um sucesso, risadas ecoavam no recinto, *O Muzzio lhe escreveu elogios!* Naquela peça se sabia o que era o amor, a honestidade, a dedicação, o mimo, o respeito filial. Mas o Cazuzinha ficou aborrecido com os termos das folhas, diziam que no Rio de Janeiro havia *lojas de modas, amigos fiéis, zangões da praça do comércio, negociantes sisudos, meninas de saia-balão, vendedores de bilhetes de loteria, versistas, falsas mendigas, meninas de pandeiro etc.; ora, tudo isso em movimento, já se vê que é alguma cousa. Quando o autor fez o primeiro ato de sua comédia, nunca tinha escrito para o teatro, mas quando fez o segundo já tinha escrito o primeiro.* Cazuza achou que estavam zombando dele. Andava sempre a se engasgar com mosquitos, diziam. Levou umas bengaladas de um poeta que achou ter inspirado um dos caracteres. Com tudo isso, a empreitada teatral foi um sucesso! Cazuza era *dramaturge*.

Esteio da arte

Semíramis entrou em aulas de atriz, ansiava estar na seguinte comédia de Cazuzinha: falava com um lápis metido entre os lábios, praticava o som das letras ao espelho, solfejava em tons graves, depois em tons agudos, declamava parágrafos todos com a letra *s*, *c*, ou *p*, as mais difíceis de pronunciar, e testava os movimentos do rosto, cousas que ela sempre soube fazer da própria natureza, como arregalar os olhos para fingir espanto, abrir uma boquinha trêmula para supor fragilidade, trincar os dentes para mostrar raiva, levantar as sobrancelhas para simular um rosto de santa, ensejar a fisionomia desdenhosa puxando o queixo para trás, ou de ódio prendendo o rosto, amor juntando as sobrancelhas, tristeza descendo os lábios, melancolia com a mão no maxilar, os lábios cerrados da maldade, os olhos mortiços da desilusão, o leve riso da esperança, tudo com a eiva da falsificação, e havia a expressão do corpo, ora ereto, ora reclinado, os ombros curvados no tormento, os braços cruzados sobre o seio, e os segredos da respiração, dos figurinos compositores, Semíramis metia uma coroa de ouro e manto para fazer a rainha da Ásia, ou pintava o rosto de alvaiade para trescalar o romantismo, reforçando os olhos com roxos, e aprendeu a controlar as lágrimas, bastava pensar nas saudades que sentia de mim e da vovó e da Tebana, ou na morte de vovô, e elas se derramavam. Afinal, as recordações e a morte serviam para esteio de uma arte. Mas Calixto foi inflexível em sua decisão de não permitir que Semíramis se apresentasse em público, diante de gente desconhecida.

Um demônio familiar

Minha irmã decidiu escapar ao Calixto, usando seus antigos modos. Ia fazer-lhe uma *bela surpresa* que o deixaria feliz e orgulhoso. E ia pedir ao Cazuzinha para avisá-la sobre a data da leitura de sua nova comédia, *O demônio familiar*, leitura que ia ser assistida pelo próprio autor, a fim de se tirarem os papéis e começarem os ensaios. Cazuzinha não estava contente com os atores do *Verso e reverso*, sabia que Semíramis atuava em sua casa das Laranjeiras e decerto lhe daria um papel a representar, ela aceitaria até um papel pequeno, Cazuza reclamava dos atores que recusavam papéis menores, se os grandes não aceitassem caracteres secundários não teria havido tantos triunfos em cena, mesmo em tragédias medíocres como as de Arnaud, decerto Cazuza, tão próximo da família de Semíramis, liberal como Calixto, lhe ia oferecer o melhor papel feminino. Essa era a conversa de Semíramis. E lá se foi ela pedir ao Cazuzinha apoio para sua trama, recomendando que nada falasse ao senador Calixto, explicou a *surpresa*, mas a primeira cousa que fez o Cazuzinha foi mandar avisar ao Calixto sobre as intenções da esposa. Calixto não disse nada. No dia da leitura, Semíramis tomou seu cupê, bela e faceira, o *chauffeur* a levava, quando se depararam com um estrondo de buzinas, a rua estava totalmente atravancada, não puderam seguir, nem recuar, ficaram presos numa fila de carros, tílburis, seges, *bonds*, vitórias, e Semíramis perdeu a leitura, derramando lágrimas verdadeiras. O senador não estava casado com minha irmã por uma mera coincidência, eram gêmeos nas artimanhas: ele mandara fechar a rua para que Semíramis não passasse. Ela suspeitou disso, mas nunca pôde ter certeza.

Corações ressentidos

Adelaide do Amaral ficou com o papel que Semíramis desejava, a Velluti e a Eulália com os papéis menores, e Cazuzinha arrecadou com a história uma inimiga de peso. Minha irmã não disse nada sobre vingança, jamais dizia, mas eu percebia o veneno destilando de suas palavras, estava irritada com o retumbante êxito da comédia dedicada à imperatriz, quatro horas de risos da plateia seduzida, com declaração pública de Otaviano sobre uma inveja com *garras de abutre a travar seu coração*, ao assistir à primeira representação do *belo drama*, um *quadro enternecedor de todas as emoções do lar doméstico*, em que os caracteres são nobres, tomados por *paixões confessáveis* e nenhum sentimento a lhes *desbotar a face*, uma *pintura de costumes à la Molière* e a *naturalidade dos daguerreótipos de Dumas Filho* e flores no palco para a Adelaide. Num sarau em seu palacete das Laranjeiras estava um editor da revista *A Marmota*, e Semíramis comentou que *estranho* era o nome dado ao negrinho capadócio a cantar cavatinas, o fígaro que era o próprio demônio familiar: Pedro, o nome do imperador. Isso bastou para a revista despejar uma torrente de acusações ao Cazuzinha, da gafe cometida, e o assunto manchou a glória do drama, não se falava mais na peça em si, mas discutia-se a intenção do autor, se queria ou não ofender o imperador, e o que havia por trás do moleque intrigante, uma figurinha odiosa, disse um jornal, mas apresentada com atenuantes de condescendência. O jovem amigo de Cazuza, o Machado, aquele que não aceitou o bilhete para ver sua musa lírica e andava brilhando nas folhas por seu talento crítico, foi quem defendeu a comédia, e como o Machado era mestiço, a cousa girou para o lado dos abolicionistas. Acusaram

Cazuzinha de ser escravista. Semíramis dizia-se espantada com os abalos, sem se lembrar de que fora ela mesma a acender o estopim dos debates. Tudo aquilo não eram mais que garras de abutre a travar corações ressentidos. O coração ressentido de Semíramis.

Toda uma precipitação

Da sacada de seu quarto Semíramis descortinava uma vista bela e ampla, as matas entremeadas de telhados e cumeeiras dos palacetes, chácaras luxuosas onde viviam fidalgos, atrás de portões vistosos, varandas e escadarias, tudo ornado por trepadeiras floridas e pomares, a chácara do Roso escondida por árvores espessas. Cada vez mais, nobres e ricaços construíam palacetes, Laranjeiras não era mais apenas um bairro de veraneio, mas de residências. Era o lugar da moda. A casa de Semíramis ficava numa encosta, lá embaixo passava uma rua calçada, onde raros carros trafegavam, carros de luxo, ou de gente que ia comprar fogos numa fábrica, ou cousas no pequeno comércio adiante. Havia um riacho margeado por pomares de laranjeiras, às vezes o perfume das flores vinha até o quarto de Semíramis. Ela costumava ficar naquela sacada, olhando as pombas, em saudades e reflexões, pensando na sua vida, e dizia que numa insatisfação aguda e constante, como sempre lhe faltasse algo, ou faltasse *tudo*, mesmo tendo o que sempre sonhara e muito mais do que sonhara. Depois dos bailes e teatros passava noites de insônia em que abria as portas da sacada e ia olhar o nascer do sol buscando alguma esperança nas luzes que tingiam o céu, como se por dentro de sua alma houvesse uma escuridão. Cada vez Calixto estava mais ausente de casa, e ela não encontrava consolo na maternidade. A riqueza já não a preenchia. Eram suas melancolias e seus momentos solitários que existiam de fato, quando via a si mesma e esquecia as tramas, livrava-se de seu ímpeto fabulador. Dava uns passos na realidade. Achava que todos os seus sentimentos de mágoa acabariam se ela pudesse entrar numa companhia de teatro. Mas outras vezes pensava que tudo lhe fazia parte da alma, desde o nascimento, e que jamais se livraria de suas compulsões.

Desastres declamados

O *senhor Alencar*, Semíramis agora não o tratava mais por Cazuzinha, o senhor Alencar escreveu outro drama, um drama insuportável, falando só de dinheiro e comércio, uma cousa estéril e árida, com longos devaneios em monólogos que pareciam mais um tratado comercial, que os atores mal conseguiam decorar e era preciso olhar o ponto a cada instante. Pobres atores. E ainda ofendia pessoas, dizendo cousas como *o alfaiate nivela todos os indivíduos*, ou que o casamento não passava de uma *caução de dívidas já contraídas*, tudo isso era verdadeiro, mas a peça, realmente insuportável. Calixto o defendia em altos brados, ainda mais quando no drama a seguir, *As asas de um anjo*, na vaga realista, Cazuzinha foi acusado de imoral. Calixto usou de toda a sua força como senador para impedir a proibição da cena, fez discurso no Senado e escreveu nas folhas, acusando de ignorantes e obscuros os que censuravam obras como essa, eram os mesmos que acusavam Dumas, Schiller, acusavam até Victor Hugo, os mesmos que viravam as costas aos sofrimentos humanos, aos escravos maltratados, às tiranias, aos conservadores e traidores do povo. Homens que profanavam sua honra, calculavam friamente os resultados, andavam num comércio vil e infame. *A alma em conta de mercadoria e a consciência em conta de gaveta.* Virou política. Mas era também ressentimento amoroso, a heroína acusava mulheres que casavam por dinheiro com um homem a quem não amavam, dando a mão a um e a alma a outro. Não falava de Chiquinha? O caso foi que tiraram do palco o drama e a mercadoria deitou-se engavetada na polícia. Calixto defendia Cazuzinha de todas as maneiras: um liberalista tradicional, com o mérito da franqueza, mas para Semíramis ele disse, *Não vês agora por que motivos deves te manter fora do teatro?*

A política retorna

Depois de um ano, o de 57, de uma atividade extraordinária, trabalho incansável, açodado, em sua eterna oficina, decerto com uma vida sem os vagares necessários, criando e dando a público um folhetim com sucesso jamais vislumbrado, um romancete, quatro peças de teatro, centenas de tiras nas folhas, nem sei quantas cartas e debates tensos e polêmicas, Cazuzinha se cansou, desiludiu, amargurou. Esfriou-lhe a verve. Deixou a folha, deixou o teatro, deixou o folhetim, foi se esconder nas salas tristes de um ministério atuando como advogado da melancolia, das papeladas absurdas. Ali foi Calixto visitá-lo, a dar apoio, viu que nos primeiros dias Cazuzinha já subia de posto, e convidou-o a um jantar em seu palacete nas Laranjeiras. Esteve o Cazuzinha pela primeira vez na casa de Semíramis, que o recebeu como uma madona, toda em gentilezas e mimos, conhecia a criação do menino, mas me escreveu que o achou pálido e cabisbaixo. Tentou entusiasmá-lo, para que não deixasse o teatro, todas as carreiras dos dramáticos eram assim, de altos e baixos, de glórias e decepções. *Não lhe encontrei o entusiasmo das cousas!* Tinha motivos. O padre Martiniano andava combalido pela idade e dona Ana Josefina vivia em aflições pela saúde do esposo e atribulações do filho dileto. Cazuzinha escreveu então um drama que se chamava *Mãe*, para ser levado no Dramático, em que louvava dona Ana Josefina, dedicando-lhe as mais doces palavras de gratidão pelo amor sublime, *perfumes que chegam do céu pelos lábios maternos*, o coração materno era um *diamante inalterável*, e recordando que de sua mãe ele herdara a ardente imaginação e o modo de sentir, mas confessava seu *coração cerrado que o mundo não gastara o qual na solidão das noites vazava em páginas de reconhecimento.* Não demorou a chegar a notícia da morte do padre Martiniano. Pedira para ser sepultado com as vestes eclesiásticas: foi padre. Semíramis e Calixto compareceram ao velório e ao enterro. Cazuzinha estava abalado, silencioso, e Semíramis o descreveu com tamanha afeição, detalhando seus olhos, suas mãos, suas roupas, seus menores gestos, não sei se diga com amor, que me deixou perturbada e inquieta. Não por ciúmes, mas por alguma estranha intuição.

Visita de saudades

Semíramis morria de saudades de mim, de vovó, de Tebana, da vidinha calma do interior, das comidas singelas, e por esses sentimentos tão prementes iria ao Crato, passar conosco uns meses. Nem sei dizer o quanto fiquei feliz, apagaram-se todas as inquietações, suspeitas, dúvidas, que talvez existissem apenas porque Semíramis estava distante e seria essa a causa verdadeira de minhas mágoas. Meu coração exultava quando a vi saltar de uma sege luxuosa, pequenina porque nem toda a estrada era carroçável, mas confortável, almofadada e que atraiu gente, nunca se havia visto uma sege na vila, a não ser a velha sege do Théberge caindo aos pedaços. Parecia mesmo uma rainha, num vestido discreto, fresco, adequado a viagens, um chapéu todo obra de arte com pequeno ramo de urzes e véu, uma pele ainda mais sedosa, lábios cintilantes, mas seus maravilhosos olhos estavam toldados por uma tristeza estreme. Lágrimas foram derramadas nos abraços e beijos, as comidas se puseram à mesa com todo o capricho de Tebana, mas Semíramis mal comeu. Falava de maneira mais pausada, com um sotaque diferente e usava palavras que eu não conhecia, até palavras francesas. Seus modos à mesa estavam um tanto mais refinados. Parecia outra, sendo a mesma. Madura, ainda mais bela. Uma beleza mais grave e profunda. Banhou-se ajudada pela aia, vestiu uma roupa que adelgaçava seu talhe, a aia lhe soltou os cabelos em cachos que os cabeleireiros fluminenses chamavam de *arrependimentos*, e Semíramis disse, *Parece que cabeleireiros também são poetas*, rimos, e vi como tinha o espírito refinado por observações cortesãs. Distribuiu os presentes, havia muitos para cada uma de nós, todos preciosos, e até para o padre Simeão, um livro dourado. Trouxe para mim uma carta de dona Angelua dando notícias de sua temporada no Rio. Naquele mesmo entardecer Semíramis quis ir à igreja, ela se ajoelhou diante do altar e rezou tão piedosa que me comoveu. Não havia quem não parasse na rua a olhar a princesa, a notícia de sua chegada se espalhou e choveram bilhetes com convites, que criados iam entregar à nossa porta. Dona Mafalda convidava a um sarau, mas Semíramis me disse que queria sempre estar em casa, e ficou de mãos dadas comigo, ou a cabeça nos joelhos de vovó, ou dizendo palavras amáveis para Tebana e todas nós. Seus olhos pareciam sempre marejados. Estava ansiosa para ficarmos a sós. Sua aia arrumou-lhe a cama com lençóis trazidos do Rio, rebordados e de uma alvura tal que pareciam soltar uma neblina de luz, Semíramis não sabia mais dormir em rede, nem com os nossos lençóis de algodão cru. Pediu-me para eu dormir em seu quarto e armei a rede acima da cama, como quando éramos crianças. De noite me disse para ver se Tebana e vovó dormiam, e trancasse a nossa porta. As confidências começaram, e eu a ouvi, assombrada.

Confidências

Falava murmurando. Semíramis sentia-se prisioneira, odiava sua vida, seu casamento, odiava a palpitante e rumorosa rua do Ouvidor, as casas de modas, os artigos franceses, os intrigantes e parasitas, os políticos jacobeus e velhacos, as saias-balões, as contas de filigranas, as jaquetas de cheviote os tafetás cambiantes as gazes cristalizadas as tarlatanas palhetadas de ouro, as Adelaides e Chartons e Eulálias, o barulho de passarinhos e macacos, de carros e carroças, a solidão dentro de sua casa, as velhas árvores, tudo o que havia de artificial em sua vida, tudo era insatisfação, achava-se uma mãe desnaturada que largava as crianças nas mãos das aias, só sabia beijá-las com afago e encher-lhes os bolsos de bombons e doces e balas de estalo, fugia de suas obrigações, não queria mais nem encostar no marido, qualquer beijo ou carícia lhe era um suplício, e Calixto andava tão ciumento que ela não podia dar um passo sem que fosse vigiada, suas cartas agora eram lidas antes de enviadas e por esse motivo ela não me revelava mais nada de importante sobre seus sentimentos, e por esse mesmo motivo ela precisava mostrar que tinha inimizade por Cazuza, inventar histórias, para que Calixto não se enciumasse dele, porque, agora podia me falar sem reservas, murmurando ao meu ouvido, desde o folhetim *O guarani* ela estava *enamorada* de Cazuzinha, *devastadoramente enamorada*, um amor sem saída, mas tão profundo e intenso e esmagador que ela não encontrava forças para resistir. Quase caí da rede. Fiquei sem ar e fui beber água na cozinha, também por não saber o que lhe falar e o que falar a mim mesma. *Iriana, venha!* Voltei ao quarto. Ela continuou em seu desabafo, *Como é estranha a vida, quem diria que alguém ia se apossar tão depressa de meu coração e de meus sentimentos? Para mim um amor de verdade pode ser uma desgraça. Jamais havia me apaixonado por alguém. Eu previa sempre que iam se apaixonar por mim, jamais que eu ia me apaixonar por alguém; agora, ao primeiro golpe deste mal imprevisto, não sei que sou nem onde estou...* A pergunta que me ocorria era se ela e Cazuzinha viveram alguma intimidade, mas não tive coragem de fazê-la. Perguntei apenas se *ele* sabia desse amor desesperado, Semíramis chorou e não respondeu, deixava o mistério entre soluços, como sempre. Tomei-a no colo, afaguei seus cabelos, sentia pena e admiração por minha irmã, pobre Semíramis, porém ela estava viva, pulsava de sentimentos, entregava-se, sentia as dores, mas amava; errava, mas não deixava de fazer o que desejava, ao menos tentava, isso era viver, e parecia ainda mais bonita em seu martírio.

A reviravolta da astúcia

Pensei na caixinha, dois passos, quatro passos, doze passos... os amavios de Semíramis se voltaram contra a carocha, ou como diz o povo, *o feitiço virou contra a feiticeira*. Meu coração apertou-se dentro da lembrança no tamanho da caixinha. Há cousas incompreensíveis neste mundo. A questão maior era Semíramis *não saber* do resultado da caixinha. Consultei Tebana, *Tebana, é uma questão de vida ou morte!* Tebana jurou que não tinha contado nada a ninguém sobre o berço de Cazuzinha no final dos meus passos. Jurou por mim, por Semíramis, por todos nós, e por seus filhos, e por todos os santos. Falava a verdade. Mas o que era a verdade? Teria Tebana contado para Semíramis e apagado da memória? Teria Semíramis escutado alguma conversa, por acaso, sabendo assim do resultado da caixinha? Que agonia no peito, sempre aquela sensação me acompanhando como uma sombra, vez em quando a sombra acordava, se apresentava, *Estou aqui, lembras-te?*, eu parava, olhava o ar, olhava dentro de mim, olhava as sombras e pensava, o que é que me angustiava? Será que existia a predição, o vaticínio? Pensei em abrir o assunto para o padre Simeão, mas ele só acreditava nas lendas dos antigos, o mundo de hoje para ele era feito só de realidades e religiosidades e pecados e tentações. Diria apenas para eu deixar de ser indagadora, a vida era um mistério em si e só Deus nos compreendia. Pensei em consultar as ciganas, cheguei a esperar à janela, mas elas não apareceram. Dois passos, quatro passos, doze passos... Era melhor viver sem querer desvendar as cousas, diria o padre Simeão.

A cabeça em outro lugar

Mas foi o padre Simeão quem revelou o motivo da visita de Semíramis, eu achava mesmo que ela não viria apenas por saudades, ou para descansar do Calixto, ou se confessar a mim, tirar de si o peso do segredo da traição, se é que houve. *Cazuza estava no Ceará.* Licenciou-se de seu trabalho como conselheiro no Ministério da Justiça e, com o apoio do senador Eusébio de Queirós, veio fazer campanha para se candidatar a deputado geral pelo distrito de Fortaleza. Estava desiludido dos liberais, que nada faziam por ele e virou a casaca para o lado dos conservadores. Calixto decepcionou-se com Cazuza, ia fazer a viagem com ele, mas ao saber de sua aliança com os conservadores desistiu. Por um milagre permitiu que Semíramis viesse, talvez fundado na suposta inimizade de sua esposa por aquele jovem irritadiço, construída com aleivosia. Semíramis viajou com Cazuzinha no vapor até Fortaleza, acompanhada da criada de confiança de Calixto, que vigiava todos os seus passos. O padre Simeão contou que esteve com o Cazuzinha no sítio do doutor Jaguaribe, onde ele passava dias descansados, no seio de uma família numerosa e gentil, acariciante, hospitaleira, embalando-se na rede, aos cuidados da tia Clodes, ou a passear em excursão, e foram juntos, Cazuzinha e o padre Simeão, ao Alagadiço Novo, onde Cazuza se emocionou ao rever a casa modesta de seu nascimento e a retouçar sua imaginação infantil, fascinado com os carnaubais e as *orquestras alígeras de corrupiões*. Parecia um homem muitíssimo feliz. No entanto, os políticos do Crato que estiveram com ele em Fortaleza disseram que andava ruminando contrariedades, mudo, sem o menor interesse pela candidatura, como se estivesse ali contra a vontade. *Com a cabeça em outro lugar.* Foi todavia eleito e retornou ao Rio com diploma de deputado. Eu parecia não ter coração no peito, mas uma ferida pulsante contando os segundos para se abrir, quando Semíramis se despediu para retornar ao Rio. *Oh, terei muita saudade! Vamos separarmo-nos e talvez para sempre!*, ela disse. Cazuzinha dobrou aquele coração de pedra dura? Pensei se devia mesmo acreditar na trama de sua paixão. Vindo de Semíramis, tudo podia ser um teatro. Mas suas lágrimas pareciam tão sinceras... As aulas? Alguma novidade? Sim? Não? Sim ou não? *Respondam os que têm feito algum estudo sobre os esconderijos do coração humano.*

Sentimentos confusos

Tentei estudar meus sentimentos nos esconderijos, era difícil, tudo se emaranhava dando nós, como os nós da caixinha de Semíramis que determinou o meu destino, mas, na verdade, o destino *dela*, de Semíramis, que fazia de mim uma peça nesse jogo, que turbilhão era a minha irmã, como tinha o poder de me tirar do marasmo e da vidinha do dia depois do outro dia depois do outro dia todos iguais. Não sei se sentia ciúmes, não alcançava a natureza de meu afeto por Cazuzinha, sei que o amava, mas que tipo de amor era esse? Tinha por ele uma afeição maternal, como se fosse o filhinho que jamais tive, também uma admiração fecunda pelo que ele imaginava, suas palavras tocavam como se fossem a própria vida me penetrando, a beleza de suas expressões me deliciava, e me transformava, como se depois de ler o que ele escrevia eu me tornasse um pouco ele, e ele, um pouco eu, uma estranha e íntima comunhão de espíritos, e as pequenas cousas de minha vida, a agulha do labirinto, o pavio queimando no bico do prato, o cachimbo da vovó, o rangido da rede no armador, um perfume de café, a brisa do Aracati todas as tardes, tudo o que era de minha vida tomava valor, por meio dos olhos de Cazuzinha. Tinha por ele gratidão, por haver dado sentido ao drama de minha vida, fazendo-me crer que minha tão pequena existência ultrapassava as muralhas da Serra Azul, mas era ele mesmo quem fazia isso? Ou Semíramis? Ela faria isso por piedade, ou para se divertir, ou porque não podia ser diferente de si mesma? Como custava ser irmã de Semíramis, eu precisava me banhar mil vezes nos tanques, beber mil canecas de água para me lavar de sua complicação.

Novamente quis não mais ler suas cartas. Mas os dias passavam em ânsias e quando chegou a primeira, corri para saber o que dizia.

Cartas endereçadas

Agora eu sabia a quem se destinavam suas cartas, mesmo endereçadas a mim, eram para Calixto. Semíramis agradeceu os dias *calmos* que passamos juntas, as idas aos recantos mais agradáveis, o silêncio das igrejas vazias, a solidão das relvas, as estrelas sertanejas, as horas de leitura deitadas na rede, os passeios a cavalo, só nós duas como em nosso tempo de meninas, mal se recordava do cheiro das mangabas, do sabor das nossas frutas tão doces, que idílico! E as noites na cozinha, a ouvir lembranças de Tebana! E as novenas com vovó! E rapar o tacho de bolo com o dedo e lamber! E nosso banho no rio das Piabas, ocultas pelas saias-de--cunhãs. Tão bom reencontrar a irmã e a vovó e a Tebana, agradecia-me o sacrifício de minha vida para estar sempre ao lado de vovó sem jamais mencionar o peso dessa tarefa, como eu era *bondosa*! Seria a bondade um castigo divino?, pensei. E que vida tão pura e simples levavam as pessoas no interior bucólico, em tempos de paz! E que antigas tradições guardávamos em nossos costumes, lendas, festas, terras, casas e mobílias, em nossas cozinhas e bordados de labirintos e rezas! No Rio tudo se perdia, tudo queria ser Paris. Calixto, ela dizia como se dissesse a mim, ele mesmo havia percebido o bem que a sublime viagem lhe fizera, voltava ao Rio descansada e refeita, apesar da companhia um tanto amuada do senhor doutor Alencar, por graça de Deus apenas no vapor, onde era obrigada a conviver com figura tão desassossegada.

A ópera brasileira

Semíramis terminava a carta dizendo que sabia o quanto eu estimava o Cazuzinha, como a um filho, e que por isso se sentia levada a me mandar notícias dele. E sempre havia novas de suas realizações, o menino era um azougue, o homem o seria. Cazuza não cessava de escrever em todas as linhas. Estavam ainda no Ceará, Semíramis no Crato e Cazuza em Fortaleza, quando houve a primeira representação de *A noite de São João*, uma espécie de opereta escrita por Alencar e musicada por não lembro quem, numa sessão com a presença do imperador e da imperatriz, finalmente os soberanos se curvavam ao artífice, Semíramis sabia muito bem das inimizades históricas dos Alencar pelos monarcas e dos monarcas pelos Alencar, desde dona Bárbara, uma família republicana em todos os acentos da tradição. Mas os reis foram ao teatro, não havia como não ir, Semíramis achava que não foram pelo Cazuza, foram *apesar* do Cazuza, foram por um jovem e muito promissor maestro que regia a quadrilha, um paulista de nome senhor Gomes, que fazia todos enciumados no Rio, pelo brilho do talento e pela consideração elevada por parte do imperador. E mais um tento de Cazuzinha: o Caetano, *único representante da arte dramática no Brasil*, palavras de Cazuzinha num repto de exagero, disse Semíramis, pediu ao senhor doutor Alencar para lhe escrever um drama que em noite de gala comemorasse a Independência do Brasil. Haveria algum tema mais caro ao vate? Cazuzinha estava nas altas esferas, sempre que se metia em alguma cousa era para subir escadarias.

O amor platônico

Padre Simeão falou nisto, o *amor platônico*. Acho que pensava explicar seu amor por Semíramis, mas adaptei a minha situação com Cazuzinha. Platônico vinha de *Platão*, um filósofo antigo da Grécia que o padre Simeão adorava, e vovô sempre citava, *O castigo dos bons que não fazem política é serem governados pelos maus*, como dizia Platão, *O injusto é sempre mais infeliz que o injustiçado*, como dizia Platão, *De todos os animais selvagens o ser humano jovem é o mais difícil de domar*, como dizia Platão, *Só os mortos conhecem o fim da guerra*, como dizia Platão. Cousas sábias, mas que causavam pensamentos severos a agoniados, como todas as cousas ditas por homens sensatos. O amor platônico era o amor ideal, sem paixão, feito só de virtudes, aquele amor que ama mais a alma e a inteligência do que o corpo, e pode ser até mesmo entre dois homens, como Sócrates e Alcibíades, disse o padre, também o amor amado à distância, sem toques e sem perfumes que não os imaginários, amor filosófico, puro, casto, um amor que busca o divino, parece que descrevia o meu amor pelo Cazuzinha, eu não queria ser dona dele, abraçá-lo ou beijá-lo, não queria nem mesmo que ele soubesse do meu sentimento, por não ter de explicar, preferia a distância entre nós, acho que nem mesmo era um amor por *ele*, mas um amor pelo significado, nascido de um mistério, de uma provocação, de uma força maior que eu mesma, que vinha não se sabe donde, mas em vagas incontroladas.

Uma meretriz e uma diva

Veio um livreto enviado por Semíramis, com uma dedicação a mim escrita de punho do autor, *José de Alencar*. Semíramis explicava que não mandava o romancete anterior de Cazuza, *Lucíola*, pois tratava de uma *grisette*, uma *leoa*, cortesã angelical com tachas de francesia, decerto inspirada na famosa Dama das Camélias ou em Marion de Lorme, todas as ilusões perdidas. Fiquei pensando se Cazuzinha andava às voltas com alguma cortesã que lhe teria inspirado o romance. Com quem era que ele andava? Que homem podia viver sem uma mulher? Onde estavam seus amores? Nada transparecia, desde a Chiquinha. Comentava-se nas rodas que a Lúcia de *Lucíola* fora *feita por moldagem direta*, digamos assim. Cazuza tentava explicar a prostituição da bela jovem com motivos de dramas familiares, pobreza, abandono, falta de saídas, mas uma mulher que vendesse o amor de seu corpo, dançando desnuda sobre a mesa em noite de orgia, seria sempre uma lasciva, dizia Calixto. Mas Semíramis acreditava que era um gesto de bondade e compreensão mostrar uma cortesã em sua face oculta, em suas razões mais fundas. Como era solitária a vida do pobre Cazuzinha! Imaginava-o fechado num quarto escuro, empoeirado da reforma de sua casa, em silêncio, ruminando pensamentos. Será que ficaria solteiro por toda a vida? E tantas incompreensões e conflitos... Tudo nascia dele, dizia Semíramis, de seu temperamento sincero, corajoso, crítico e provocador. Isso porque mimaram demais o menino, ele se achava o dono do mundo e das verdades e prosseguia em suas charadas. Este *Lucíola* era melhor que eu nem lesse para não conspurcar minha *virgindade*. Odiei a menção a essa palavra, repartida com Calixto. Mas *Diva* era, diziam as folhas, um fruto que podiam comer livremente as filhas, sobrinhas, netas e avós *que saibam ler português, apaixonar-se pela poesia, compreender toda a beleza de um estilo aprimorado de quantas galas podem enobrecer e enfeitar uma produção literária*. Por um estratagema qualquer, vieram os dois livros, *Lucíola* perdido entre anáguas e mantilhas mandadas de presente para mim e para vovó, e li os dois. Confesso que, mesmo me divertindo na leitura de *Diva*, que ora me parecia uma imagem de Semíramis ora de mim mesma em minha esquivança e feiura, gostei realmente foi da heroína de *Lucíola*. Em sua dualidade, em sua *beleza moral* dentro da *perversão dos sentidos*, em seu desprezo e sevícia, era uma pura Semíramis.

Parte
5

A Tijuca

Semíramis e Calixto costumavam veranear na louçã e faceira Petrópolis, com seus chalés, casinhas campestres, montanhas, cascatas, canais, um todo suavizado pelas brumas da manhã, aonde iam os nobres, os ricos, os altos cargos, no rastro da família real, e onde possuíam o palacete consolador. Mas naquele ano de 63 Calixto preferiu passar o verão na Tijuca, montanha encantadora a apenas duas léguas do Rio, um ninho para as almas cansadas de pousar no chão, onde tudo era puro e sadio, onde a terra conservava a *divindade do berço*, com suas matas frondosas e exuberantes. Disse Semíramis que foi ideia do Calixto, e por acaso se encontraram lá com o Cazuzinha hospedado no mesmo hotel, o Bennet. Semíramis se condoeu da palidez e melancolia do *senhor doutor Alencar*. Ele estava em tratamento, seu mal voltava com vigor e Cazuzinha precisava dos ares puros da floresta a limpar os pulmões, do descanso, do esquecimento, da leveza de excursões pela mata. Até mesmo ler livros o médico lhe proibiu, e mais ainda, ler as folhas, que carregavam notícias para dentro de nossas casas e faziam aborrecer nossos corações, disse Semíramis. Foram com Cazuza à Cascatinha e à Vista Chinesa, a cavalo, de onde se descortinava a vista mais dilatada e formosa da cidade do Rio de Janeiro. Respiraram a neblina fria, pisaram em tapetes de folhas, tiraram florinhas da beira do caminho de pedras, *melindrosas efêmeras que abriam com a fresca da manhã para murchar ao calor do sol e estrelavam as alfombras da relva*, beberam da água cristalina e tíbia colhida na concha das mãos, pararam em momentos de silêncio e calma na contemplação distante.

Bolhas de sabão

Mas logo toda aquela paz se desvaneceu, o Cazuza foi convidado à mansão de um homeopata inglês, o doutor Cochrane, onde não poderia pisar sem generosidade e desprendimento. O médico era primo do almirante Cochrane, que foi quem deu a ordem de caça à cabeça de Tristão, o filho de dona Bárbara. Na Confederação o almirante prometeu um prêmio de dez mil cruzados para quem prendesse o Chefe Insurgente. Eram inimigos ancestrais. Além disso, o doutor Cochrane ganhava seu farto dinheiro como agente de concessões, e Cazuzinha vivia a atacar nas folhas esses *caçadores de monopólios*, chegou a dizer que a lista dos acionistas era o livro negro da polícia. Mas jogavam no Bennet quando o médico se encantou do folhetinista e o convidou a sua mansão no alto da Tijuca, cercada de jardins mais belos que os franceses, cuidados por duas dúzias de jardineiros. Cazuzinha relevou o passado e as campanhas, aceitou o convite do inglês. Estava cansado de seus passeios solitários e das visitas ao Couto Ferraz, na casa que por acaso se chamava *A solidão*. A Tijuca era uma Escócia brasileira, ali viviam ou veraneavam muitos ingleses que conheciam todo o arrabalde em seus recantos, clareiras, trilhas, grutas escondidas, cumes com belas vistas, conheciam não só os passeios que se podiam fazer como o melhor momento para se usufruir de cada um deles. Nas trilhas de pedras passavam jovens louras em seus cavalos, dignos *pedestais das estátuas de Diana*. Passavam as moças fascinando os poetas, como bolhas de sabão, cousa *para ver um instante, enquanto brilha*.

A musa perfeita

Eram quatro as filhas moças do doutor Cochrane, cada uma mais linda e mimosa, todas lourinhas de olhos azuis e delicadas, gentis, refinadas, sabiam escrever poesias, disse Semíramis, uma governanta sempre ao lado, receberam aquela educação inglesa que ensinava o pudor das emoções e a arte da conversação, palavras certas no momento adequado, roupas e gestos discretos, nenhuma submissão. A mais velha, passada da idade de casar, dezoito anos, chamava-se Georgiana Augusta, *Augusta* queria dizer *filha do imperador*, Semíramis a viu num passeio a cavalo com Cazuzinha, acompanhados da mãe e de criadas, era mesmo bonita, melenas em cachos adornando o rosto, os olhos puros e refletindo o céu límpido, uma pele tão alva e acetinada que parecia um veludo claro, uma beleza que se revelava ainda mais nas cores que nos traços, um pouco faceira, mas recatada e veemente, levemente triste, a perfeita musa para um poeta. Mas não um ar de fragilidade, o que desagradaria a Cazuzinha, ele sempre mostrava queda para mulheres fortes, como sua avó. O mais curioso naquele namoro era que a mãe de Georgiana Augusta pertencia à família Nogueira da Gama, sendo tia da Chiquinha, então Cazuza estava namorando uma prima da diva perdida. Seria o motivo da escolha? Talvez fosse cansaço da solidão de solteiro. Ele gravou num bambu da floresta: *Gentil bambu, meu coração é como tu: não seca, não!* O coração lhe floresceu. Os Cochrane foram jantar no Bennet, sentaram-se à mesa com Alencar, Semíramis a uma mesa próxima ouvia as vozes da família falando em inglês, idioma perfeitamente acompanhado pelo doutor Alencar, que ali colhia os louros das suas leituras de Byron no original. O que diziam, Semíramis não compreendia, mas estavam todos fascinados pelo literato. E ele, pela namorada.

Trimestre amoroso

Não passaram mais de três meses quando veio a notícia do casamento de Cazuzinha com Georgiana Augusta. Semíramis gostaria que Calixto tivesse sido convidado a padrinho de Alencar, tanto o apoiara em momentos difíceis, dera conselhos políticos, e tanto ainda poderia ajudar em sua ascensão ao cargo de senador que almejava, Calixto era próximo do imperador e mais de uma vez apaziguara as iras reais contra as irreverências de Cazuza. O casamento foi simples, com poucos convidados, o noivo pálido, mas altivo e feliz, a noiva radiante. O casal ganhou de presente dos pais da noiva um fabuloso Pleyel, sensação internacional e o mais renomado dos pianos, que Georgiana dedilhava com sentimento e graça. Apesar de seu aparente apoio à união de Cazuzinha com a virginal jovem, Semíramis caiu de cama, numa fragilidade nunca vista, tomada de uma misteriosa febre que jamais cedia, não queria comer, emagrecia, pesava uma folha de magnólia, passava dias no leito a recusar remédios e médicos, em angústias e choros soluçantes sem motivo, essa notícia veio numa carta de Calixto, que me pedia para ficar ao lado de minha irmã, ela me chamava em seus delírios, a "única pessoa com quem podia conversar", a "única pessoa que a compreendia". Meu coração saltava e meus pés me levavam de um canto a outro sem que eu quisesse, diante da iminência de ir para o Rio, onde tudo se derramava em correntes turbulentas, tudo acontecia, e o que acontecia era sutil, ardente, sedutor, em muitas línguas, eu já estava no vapor, já descia no cais Pharoux, já percorria as ruas do Rio, os salões do palacete de Semíramis, já a abraçava na cama e lhe dava mil beijos, já sentava em camarote no teatro, visitava dona Angelua, ouvia dona Georgiana a tocar piano, mas a própria vida, como é costume, resolveu por mim: vovó adoeceu. Não andava mais, não ria, não podia fumar e nem comer mais quase nada, não ouvia, não se lembrava das cousas mais simples e não dizia mais suas ironias.

Fantasma britânico

Havia uma moça no Crato que era uma perfeita inglesinha, nascida meses depois da partida de Gardner, e bastou para a gente dizer que se tratava de uma bastarda do naturalista. Era filha de um casal de escravos negros, e ela loura, de olhos aguados, cabelos finos e em anéis desarrumados, mal sabia falar e passava os dias sentada no chão, nos fundos da casa onde seus pais eram escravos, ela também uma escrava, uma estranha escrava loura, gorda e mole, alimentada a farinha molhada, mas tudo seu guardava um documento atávico. E dei para vigiá-la, na esperança de vislumbrar algum coche de Londres, um fog, uma torta de ruibarbo, um verso de Keats, um sotaque... eu passava todas as manhãs pelo quintal que era seu mundo, muito mais restrito que qualquer outro, porém ela não devia sofrer, o padre Simeão dizia que a Escritura citava esses casos, dos *pobres de espírito* era o *reino dos céus*, e ele explicava, as pessoas simples e de vida simples não viviam atormentadas, em seus dias passavam como as avezinhas das matas, as florinhas dos campos, as águas dos regatos a correr pelas frestas que havia naturalmente, iam para qualquer lado, eram uns liriozinhos alvos nascidos ao acaso, sem essas sinuosidades da vida das pessoas que tinham posses, estudos, poderes, aspirações e ânsias, ainda mais as pessoas que queriam mudar o mundo. Para que mudar o mundo de Deus?, dizia o padre. Este era o reino dos céus: a pobreza de espírito. E lá estava a inglesinha no reino dos céus, muda, parada como uma flor do campo, desentendida. Fui chegando perto dela, falei palavras simples, *hand, me, cat*... ela só me olhava, eu estudava sua pele gasta, sua boca murcha mas tão diferente das nossas bocas fartas de cabras ou cunhãs, seus fios ralos de cabelos tão finos como os pelos dos meus braços. E de repente me assustei, ao ver no semblante dela se conformar a suposta face de Georgiana Augusta, linda, efêmera, se refazendo em fantasma britânico, tudo força da imaginação.

My love, my soul

Só pude saber um pouco mais de Georgiana Augusta quando li o livro *Sonhos d'ouro* de Cazuza, que suspeitei ser inspirado no casamento com a inglesinha, romance em que Guida, moça rica, acompanhada de sua governanta, a lhe dizer, *My love, my soul, my darling Harriet, my pretty Mrs. Trowshy*, essa Guida era diferente das divas e cortesãs que atormentavam a alma de Cazuzinha, mas não tanto. Em Guida a *altivez do gênio, a elegância fidalga, os caprichos dissipadores, a isenção da alma, isto é, do caráter, no qual sente-se a leve impressão da educação inglesa*, e seus lábios maliciosos amofinavam, não devia ser fácil para Cazuzinha conviver com essa dama e sua família, sentindo-se menor na altura da riqueza, cheio de pudores, como era, em seu recato de dignidade, usando-os como pretexto para se retirar dos círculos dourados. Cazuza era de origem rica, a família perdeu quase tudo nas guerras pela independência e república, mas lhe restava o traço da fidalguia. Imagino os dilemas: uma esposa acostumada a palácios, jardins ingleses, duas dúzias de jardineiros, nem sei quantos vestidos... Mas Guida se revestia de uma *garrulice brasileira* em suas travessuras, moça caridosa e traquinas, e que *apesar da riqueza* vivia *em luta no meio de uma sociedade que lhe não convinha*. Assim imaginei Georgiana Augusta. Abandonou seus *caprichos dissipadores*, acompanhou a situação de Cazuza, foram morar numa casa dentro das suas posses.

Moldura burguesa

Dona Angelua e doutor Brígido chegaram da viagem ao Rio de Janeiro, e lá tinham ido à casa de Cazuzinha. Contaram-me que morava o casal numa residência modesta no Caminho Novo de Botafogo, lá dentro, porém, havia um indício de riqueza da bisneta do conde: o piano, uma esplêndida mobília de mogno sólido na sala de visitas, e porcelanas, mesa coberta de Christofles, cristais... Talvez presentes de casamento. O gabinete de escrita era o lugar mais simples da casa: duas escrivaninhas, uma de viático e outra embutida para cimo de mesa, uma cadeira de charão, uma pele de onça como tapete e um mapa do mundo na parede, mas uma biblioteca primorosa, com Ovídio, Herculano, numerosos volumes de direito e história e política sugerindo uma queda por França e Inglaterra. Cazuzinha estava enamorado por Georgiana Augusta, por seu *olhar divino*, *sorriso como sublime poema*, *gestos meigos que inspiravam poetas*, por aquele rosto em que *qualquer tom rosado macularia a alvura do lírio*, e eram felizes, ele um chefe de família virtuoso, vivia todo dedicações e extremos numa *moldura inesperada de simplicidades burguesas*, *adorável de lhaneza e bonomia*, uma *estátua viva das virtudes e da probidade*, tudo *aureolado pelos fulgores literários*, era homem de Estado e o mais distinto de todos os escritores, mas inspirava retratos tristes. Mostrava sua grandeza de alma, bondade no coração, candura no trato, amenidade de caráter e cultivo do espírito, dentro de casa na companhia de amigos não era o homem ferido pelos atritos do mundo e farto de desilusões. Ali aos domingos ele acolhia amigos, descansando das fadigas da semana, reunia na sala modesta o pequeno mundo onde se concentrava a felicidade. Dançavam, cantavam, jogavam prendas, dona Georgiana tocava ao piano encantando a todos. Apaixonado por conversas longas e íntimas, Cazuza abria os mais doces *recantos de sua alma*.

Silêncio e consolo

Foi a dona Angelua quem avisou que a chácara no Maruí se cobriu de luto. Dona Ana Josefina morreu em muitas dores no ventre, depois de passar anos sofrendo a perda do padre Martiniano, aos cuidados dos filhos mais velhos, Cazuza e Leonel, e desgostosa com o filho Tristão, que dissipara a herança recebida do pai. Enquanto estava enferma dona Ana Josefina escreveu um testamento legando os poucos bens que possuía, a casa na rua da Constituição, a chácara, uma fazenda de gado no Ceará e poucas ações do Banco do Brasil. Libertou escravos, deixou um conto de réis para os Inválidos da Pátria que lutaram no Paraguai. Tão boa alma! Dona Angelua disse que o Cazuza estava devastado, mas tinha sua paz familiar, já lhe nascia a terceira filha, o que era sempre um consolo, ver a vida se desenrolando pelos tempos. O casal de velhos acompanhou o corpo de dona Ana Josefina em carro até o cemitério, com amor e caridade, e dona Angelua contou que Cazuzinha deitava lágrimas em uma face severa. Nem sei o que é perder a mãe, eu era tão pequena, mas sei o que é não ter mãe. Relembrei dona Ana Josefina, tão jovem e meiga, firme diante do que sabia ter de enfrentar, fortalecida pelo passado. Sua mão suave em meu ombro, *Já, já, vais ter o teu...* Ou debaixo da mangueira, *Eu não podia ser feliz, mas era...* Cazuzinha dizia que dela herdou a imaginação, mas acho que foi a coragem. É preciso ter coragem até para ser feliz, na situação de vida de dona Ana Josefina, com lembranças tão amargas. Fazia muito que eu não ia à igreja a não ser na hora da missa, mas fui para rezar por dona Ana Josefina, acabei rezando por minha mãe, por dona Bárbara que foi uma mãe ao mesmo tempo feliz e infeliz, pela Semíramis que se achava mãe desnaturada, pelas novecentas mães que havia dentro de cada mãe. Semíramis fazia muito que não escrevia, veio apenas uma carta de Calixto avisando do nascimento do terceiro filho do casal, batizado *José*. As cartas de Semíramis me faziam imensa falta. Mas o silêncio de minha irmã foi ao mesmo tempo um vazio e um descanso, mais vazio que descanso, jamais me senti tão só em minha vida, segurava a mão fria de vovó e lhe falava sem saber se me ouvia, deitava na rede com Tebana como quando era menina, ela cantava as mesmas cantigas e recontava as histórias de fazer medo, eu meditando sobre como as crianças são ingênuas, ter medo de ser comidas pelo Gorjala, acreditar nas almas penadas, visagens esguias, fanhosas, com as costas em fogo, jorrando labaredas, ou gigantes de um olho só, *Caxori--xoli-xorê, ó cum manga, cum mangueira, pois manuê cum manuê...* Mas fui me acostumando aos novos tempos dessa inesperada paz sem o vulto de Semíramis e aos poucos voltei aos saraus, aos atos no adro da igreja, aos labirintos e às sessões na sala livre da Câmara.

O ministro

E foi na Câmara que fiquei sabendo, Cazuzinha era ministro da Justiça. Como ele sabia transformar em frutos as sementes! Na sala livre o jogo estava invertido: os liberais o condenavam, os conservadores o defendiam, uma cousa bizarra, mas na política não havia amizade, havia partido. Ele estava fora da política desde a dissolução da Câmara em 63, foi traído pelos liberais, disse um vereador realista em discurso louvando o *orgulho da terra*, o neto de dona Bárbara, e — agora como estava morto, também se podia falar nele — filho do *padre* Martiniano. Os liberais o chamavam de *senador* Martiniano, e os conservadores de *padre* Martiniano, como lembrando uma acusação. Os mesmos conservadores eram contra o pai e a favor do filho. Um conservador louvou a recusa do doutor Alencar em receber a comenda de oficial da Ordem da Rosa, por ser dada pelos liberais, *Homem íntegro!*, um gritou, *Doutor Alencar foi privado de seu cargo de consultor, no ministério, como represália pelas* Cartas de Erasmo *que ele publicava sem assinar, mas todos sabiam quem escrevia aqueles verdadeiros libelos conservadores.* Estava por baixo no triste espetáculo da política. Mas o filho do senador e neto da heroína sabia virar o jogo. Os realistas exultavam com a *virada* do doutor Alencar, sua conhecida obstinação seria útil na luta pelas posições conservadoras. Nada faziam os ministros, disse um vereador liberal, a não ser galopar para São Cristóvão, empertigados em suas fardas, sobraçando pastas de expediente, consumiam o tempo em futilidades, fabricando oficiais da Guarda Nacional, nomeando empregados subalternos, provendo o lugar de escrivão, de vigário, questões de lana-caprina. Previam areia na roda. *Quero ver o doutor Alencar nos jantares, nas procissões e missas!*, zombou um deles. *Veremos como isto se há de desembrulhar!*

Farda e espada

Eu imaginava Cazuzinha em sua farda de ministro, orgulhosa de meu menino, o doutor Brígido disse que os ministros usavam uma casaca de lã num tom escuro de verde, repleta de botões, volutas douradas bordadas na gola, calça branca ou azul e espada branca ou preta. Acho que devia ter algum chapéu, que era um ministro sem chapéu?, e que todos os dias tinham de ir beijar a mão ao imperador lá onde ele morava com a imperatriz, bem longe das ruas sujas da cidade, perto do sítio do padre Martiniano. Cazuza era tão difícil de compreender, dava guinadas e mais guinadas, como homem da política, como homem das palavras. Que razões o levaram a aceitar ser ministro num gabinete conservador? Será que sofria com isso, pensando na avó e no pai chimangos? Eu não faltava a uma sessão na sala livre, lá em todos os encontros se falava no ministro Alencar, em seus folhetins sem juízo, contavam de seus desaforos contra o imperador e do imperador irritado a ponto de perder a elegância, *É um teimoso, este filho de padre!*, suas tiradas provocantes, polêmicas contra os chimangos, e até mesmo alfinetadas contra os pares. Liam suas cartas publicadas nas folhas, riam quando algum vereador mencionava os apelidos dele, *Fanadinho* e *Pirracento*. Eu tinha vontade de me levantar e gritar para levarem em conta pelo menos o neto de dona Bárbara, a quem eles tanto deviam. Que passava na cabeça de Cazuzinha? Decerto tudo na vida lhe parecia pequeno, tendo em vista a sua sentença: sabia que não teria vida longa. Diante disso, que era uma farda? Calça branca ou azul? Primeira ou segunda farda? Espada branca ou preta? O solene despacho imperial, o frio toque da gala bordada, beija-mão, fidalgos, fardão, rei, espada virgem, ouropéis, trajar um disfarce. Ele era avesso a etiquetas imperiais e logo se soube que não comparecia às recepções nos dias de grande gala, *mormente por motivo de aniversário natalício dos membros da família imperial*, alegando apenas, *Tenho aversão a espada preta!*

A volta de Semíramis

Durante o longo tempo de silêncio eu sabia que Semíramis estava na Europa, sem o Calixto e sem os filhos, o que era sinal de separação, mas ela voltou decerto para um "casamento branco", voltou mais refletida e prudente, sofrida, e as primeiras cartas nada diziam de seu passado no Rio, apenas dos dias de solidão em Paris, olhando pelo vidro embaçado da janela a neve a cair, as ruas enlameadas e cinzentas, os prédios cinzentos, as torres da catedral contra um céu cinzento, muito frio, muita chuva, cada respingo parece que nevava seu coração, nunca pensou sofrer tanto num exílio, tantas saudades a matavam aos poucos, distante de sua casa, de suas crianças, apenas por cartas sabia que entravam na escola ou aprendiam a falar francês ou tomavam aulas de piano, esgrima, e Semíramis sem os braços protetores *de quem ela tanto amava*, sem ânimo, sem piano, sem seus cadernos de música, sem forças para ir à rua olhar uma vitrina de chapéus, para abrir um livro, nada mais lhe dava prazer, nada mais tinha significado, sua vida toda fora um engano e penava a desilusão, só pensava em voltar, mas era ao mesmo tempo o que mais temia, que tormentos ainda a esperavam no Rio, se seria uma estranha em sua própria casa, mas quando chegou a primavera sentiu-se revigorada, entregou-se à leitura, aprendeu a ler em francês com os livros, desmanchava-se em lágrimas sobre as páginas de um ou outro, apaixonou-se por um livro de enredo banal, caracteres sem relevo, mas uma investigação tão paciente e escrupulosa dos erros da vida! Uma fatalidade a impor suas leis inflexíveis. Uma mulher que despertava piedade e ternura, apesar de seu erro: a Dama das Camélias. Nas cartas, nenhuma palavra sobre

Cazuzinha, mas ele parecia estar sublinhando a todas. Numa delas, afinal ele veio, em forma de livro embrulhado num lenço de seda desenhado com o Arco do Triunfo e umas folhas dobradas nas quais se falava do livrinho de Cazuza publicado quando Semíramis ainda estava na França.

A índia dos lábios de mel

Jamais li algo tão comovedor e belo, e que fosse ao mesmo tempo nosso, de uma maneira tão nossa, de nossa terra, nossas histórias e antiguidades, e ao mesmo tempo tão certo de quem era o Cazuzinha. Que opulência, que imaginação, que fino lavor! De onde foi que ele tirou tudo aquilo? O efeito de cada palavra era um toque de sua alma, e não importava o que ia acontecendo com Iracema e com Martim, eram as palavras que faziam a história, o encantamento, a dor, o sentir. Tudo *fruto de estudo e meditação*, escrito com *sentimento e consciência*. Pela saga indígena soube que Cazuza estava feliz, em paz, a *desvanecer o amor do ninho*, apenas um espírito descansado poderia se afastar dos tormentos da vida e alcançar uma esfera tão tocante. Li no livro a beleza de *sua* mulher, agora heroína amorosa, limpa, livre, autêntica, que sabe o que diz, o que faz. Nada mais daquela convulsão feminina dos livros anteriores. Era a mulher natural. Intocada. Mulher que era corrente de vida e lhe dava origem e significado. Fiquei pensando se todas aquelas mulheres que o Cazuzinha inventava não eram ele mesmo em forma de mulheres, claro que a Chiquinha e a Georgiana Augusta entravam na composição das heroínas, mas era ele quem dirigia seus caracteres e lhes dava a sua mesma alma, ao menos os seus mesmos sentimentos atormentados. Também entravam as mulheres francesas dos livros que ele lia, pois onde teria ido buscar uma cortesã tão romântica para *Lucíola*? Será que Semíramis fazia parte dessa receita? Será que os dois se encontravam nas alcovas do Rio? Essa pergunta me atormentava. Sei que li e reli vezes seguidas o poema em forma de lenda, na *sombra fresca do pomar* ou na *varanda da casa rústica, ao doce embalo da rede*, como

Cazuza sugeria, declamando as páginas. *Serenai, verdes mares, e alisai docemente a vaga impetuosa, para que o barco aventureiro manso resvale à flor das águas...* Os verdes mares que precisavam serenar eram os mares de sua aflição.

Os adjetivos de Cazuza

Serenaram nos olhos de Georgiana, mares de verdes esmeraldas em que ele se banhava, e também nas verduras da Floresta da Tijuca repontada de águas límpidas e frescas. Não digo que serenaram no casarão com salões, lustres, camas de dossel e lençóis de seda, travesseiros de plumas de ganso, porque mesmo tendo morado em palácio de presidentes, Cazuza não se deixava iludir pelos embalos da prosperidade, e acho que por sua infância nômade e sofrida, sertaneja de certa forma, por sua história familiar, sabia que a riqueza era efêmera. Que livro belo, amoroso, equilibrado, casto, vasto, eterno... Fiz uma lista de adjetivos que Cazuzinha usava no romance: bravio, líquido, alvo, ensombrado, e numa só frase: verde, impetuoso, aventureiro, manso. Afoito rápido fresco frágil jovem branco selvagem intermitente vibrante, fugitivo, tênue, inocente, agro, lindo, fosco, brioso, altivo revolto brando airoso... isso só no primeiro capítulo. Cansei-me, a lista era longa. Padre Simeão dizia que os adjetivos são divinos, sagrados. São os adjetivos que dão a medida das cousas, o substantivo é real, parco, limitado. O substantivo é substância, matéria, o adjetivo é espírito, é a transcendência do pensamento. A humana capacidade de julgar, compreender, se expressa nos adjetivos. Por exemplo, substantivo: *padre*. E adjetivo: padre *matreiro*. *Astuto*. *Matraqueado*. Tenho para mim que a lenda de *Iracema* significava muito mais a vida com Georgiana do que os *Sonhos d'ouro*, aquelas palavras cintilantes pareciam nascer da alvura de uma *tez fresca e pura que escurecia o mais fino jaspe*. Os nomes indianos eram os raios de sol que acendiam uma rosa pálida na face da inglesinha, a pureza da índia era a candidez de sua esposa. Toda a seiva daquela mocidade, o viço da alma, estavam nas palavras do romance. O rubor da sua cútis tingia a pele primitiva, e Georgiana, toda ela, encerrava o primor da natureza.

Negras graúnas

Na sala livre, alguém disse ter Cazuza criado uma índia que nunca poderia ter existido, mesmo o nome era inventado, mas acho que sempre existiu no escuro de seus esquecimentos, ela brotou de uma semente muito antiga, um átomo de sangue que havia em sua bisavó-onça, porque a mãe de dona Bárbara era caçadora de suçuaranas e dizem que filha de índios, e de todas aquelas cunhãs que o embalaram na infância, assim ele forjou sua indiana, e vieram com o bizantinismo, discussões frívolas, insignificantes, gente a debater o que é poesia americana, se é poesia americana, se há escola americana, se deve haver escola americana, se a escola americana são as tradições indígenas, ou não, se a escola americana é uma aberração selvagem, se poesia americana também é a preciosa linguagem dos espíritos, se a poesia americana é uma poesia de caboclos, ou não, se a musa americana é Natchez, se a poesia americana deve fazer a pintura de vultos heroicos, se a musa *emboca a tuba épica*, sei que li a lenda de *Iracema* para Tebana e dona Angelua, pensando que sentiriam tédio, mas ouviram a leitura em silêncio, sonhadoras, tocadas pela estranheza das palavras, *Estes meninos*, disse dona Angelua, *inventam histórias, todos acreditamos a ponto de lançarmos nossas lágrimas*... Semíramis anotou no livro: *Se eu morrer amanhã, viria ao menos, viria ao menos fechar meus olhos... Que sol! Que céu azul! Que doce n'alva... a lua por noite embalsamada...*

A musa industrial

Havia uma crítica que apreciei, deveras elevada, mas após longos, inteligentes e justos elogios apontava um defeito no livro. Irritei-me com o vício de se apontar defeitos, o crítico, aquele amigo de Cazuza, o senhor Machado, julgou que o autor deveria *reconhecer o defeito do livro*, falando de uma obra perfeita, como ousou apontar-lhe defeito, e defeito que não existia, era apenas interpretação íntima?, disse que o livrinho poético de Cazuza apresentava *uma superabundância de imagens*, esse seria o defeito do escrito, mas como não haver uma *superabundância* de imagens em um cenário que concentra uma *superabundância* de paisagens, e trama com superabundância de *sentimentos*, *significados*... apenas roupagens de estilo?... Mas, ao final, o senhor Machado revelou seu verdadeiro sentimento pela lenda de Cazuza, e disse, sem curar de saber se era antes uma lenda, se um romance: *O futuro chamar-lhe-á obra-prima*. O padre Simeão, em vez de entregar-se aos prazeres da poesia americana, enfiou nos rigores invernais da polêmica: é lenda? é romance? não é romance? não é poesia? se é romance não pode haver poesia? se é lenda não pode haver poesia? se é fábula não é romance, se é romance não é fábula... Cousas tão *pálidas e efêmeras que não deixavam vestígios*. Mas não importa, *tudo passa, sobre a terra*. Cazuza publicou por sua conta o livrinho, e logo a edição extinguiu-se, de todos os seus trabalhos deste gênero foi o que *mereceu mais as honras da confraternidade literária* e inspirou elegantes revistas, o livro correu a Europa e granjeou as palavras de um crítico em Lisboa, um escritor português dedicou-lhe uma revista, enamorado da índia de cabelos negros como asas da graúna, apaixonado pelo lirismo encantador das palavras que narravam a fábula. Outros o criticavam por fabricar romances aos feixes, era a musa industrial. *O insulto calça luva de pelica*. Mas as histórias da vida são muito mais fabulosas que as das narrações em prosa e verso.

Inferno em vida

Há cousas que *escandalizam o céu, a terra, e mesmo o inferno*. Não contei a Semíramis os dois casos de adultério acontecidos aqui no Crato. O primeiro foi com a irmã do Quinzinho Pimentel, o desvairado. Ela se juntou com o cunhado, e levaram a pobre moça, ela ia dizendo que sabia para que a levavam, a gente na rua olhava arrastarem a pobre pelos braços, ela aos prantos, cabeça erguida, soluçando e digna em toda a culpa, como um Jesus em seu calvário, levaram a pobre para o mato, fizeram uma cova, mataram-na a pauladas e a enterraram sentada. Uma organizada perversão. O outro caso foi de uma senhora que morava na rua do Fogo, o marido a encontrou em adultério, o sujeito escapou pela janela, mas a mulher levou três facadas pelas costas, que lhe vararam os pulmões. Chamaram o Garrido, que lhe fez curativos, mas se supunha que não escapava, e ela foi confessada e sacramentada. Morreu. Morar numa rua com esse nome... Perguntei ao padre Simeão para onde ia a alma dos adúlteros. *Ora, para o inferno*, ele disse, não era o adultério já em si mesmo um inferno em vida? A questão é que, por ter lido um dia a *Lucíola*, e saber do dilema de Semíramis, entendi de outro modo o drama das duas mulheres e as defendi, diante de senhoras que não acreditavam no que ouviam. Apenas dona Angelua, em sua gentileza e compreensão estremes, ficou do meu lado. As leituras mudam nosso pensamento. Para bem, para mal.

Banquete com o baiano

A vida de Semíramis parece que acalmou, voltou ao que era antes: banquetes, óperas, teatro, bailes, saraus, corridas de cavalo, reuniões com políticos e suas esposas... Tudo o que ela primeiro amou e depois detestou agora novamente amava. Semíramis era de fases, como a lua. Andava em lua nova. Quando eu lhe escrevia, não tinha coragem de perguntar por Cazuzinha, mesmo morrendo de curiosidade e ânsias de saber notícias dele. Mas o assunto vinha naturalmente. Ela escreveu, *Vi o* teu *Cazuzinha num banquete em casa de doutor Zaluar.* Era um banquete em honras a um folhetinista de dramas de teatro, homem da Bahia e *flor de talento cheio de seiva*. Semíramis não gostava de baianos, desde que pelo Crato passou um politiqueiro a encenar uma péssima comédia no nosso teatrinho escuro, mas aquele dramático baiano do banquete era homem fino, dono das palavras, de uma exuberância sem igual, um verdadeiro turbilhão humano, e mais que tudo, levava consigo a Eugênia Infante da Câmara, que Semíramis tratou de explicar quem era: uma grande atriz portuguesa. Viviam um ardente caso de amor, a atriz havia mesmo rompido com a sua companhia de teatro para acompanhar o dramático baiano rumo a São Paulo passando pelo Rio, *Que tola!*, disse Semíramis. Houve discursos, leitura d'uma carta de Cazuzinha que saiu nas folhas: *Que júbilo para mim! Receber Cícero que vinha apresentar Horácio, a eloquência conduzindo pela mão a poesia, uma glória esplêndida mostrando no horizonte da pátria a irradiação de uma límpida aurora!* O dramático leu trechos do seu drama, era um discípulo de Victor Hugo, ademais, como todas as *inteligências de primor* que estavam no concorrido banquete, e leu alguns de seus versos suaves e opulentos. Chamava-se senhor Alves e tinha muitos cabelos na cabeça e no bigode, um rosto puxado para a frente. Rapazinho de uns vinte anos! E ainda cursista de direito. A menção ao *meu* Cazuzinha, ainda que breve, significava que Calixto não mais se enciumava? Era um pequeno teste? Ou Calixto jamais soube de Cazuzinha e Semíramis? Calixto não lia mais as cartas?

O que é o casamento

Havia um drama de Cazuza chamado *O que é o casamento?* Semíramis contou que Cazuzinha andava enciumado de sua esposa, não sabia se passavam bem, mas sim que terminara o primeiro tempo de idílios, e que um adorador vivia rondando as janelas ou esperando ao relento. Fiquei deveras interessada, conhecia de perto o casamento de vovô e vovó, que se amavam de um modo tão conflagrado e secreto, e de longe acompanhava o de Semíramis, mais parecido a uma paixão naufragada, um mar de tormentas. Mas via dona Angelua com o doutor Brígido, tão acomodados, completos, como se um não existisse sem o outro, um zelando pelo outro, tudo entre eles se encaixava com suavidade, sorriam entre si e para todas as pessoas, doavam uma afeição desinteressada, ela atraída pela simpatia que inspirava aquele rosto sereno do marido, mas chistoso na conversação, tenaz nas opiniões que professava, dona Angelua gostava de conversar o seu pouco, sempre nos serões de família íntimos e tranquilos, ou na cozinha a enrolar biscoitos com um zelo e uma habilidade que só o amor provia, aquelas mãos calmas, quão terna era dona Angelua, que criatura *tão cheia de recursos para cativar os outros com seu coração bondoso!*, e dizem que o casal viveu todos os fogachos da mocidade. Dona Angelua se recusou a um casamento encomendado pela família, já se amavam, ela e doutor Brígido, casaram escondidos, sabiam de seus corações, e ela foi deserdada e renegada pelo pai. Para mim, o casamento era o gosto amargoso de um vestido escuro, pedras no bolso ao fundo de uma cacimba. Uma embriaguez e uma raiva. Nada mais.

Felicidade sem asas

Tampouco eu era feliz na solidão, mas havia liberdade em minha vida. Porém, para que ser assim, se eu não tinha o que fazer com essa licença? Uma cousa nas aparências. Estava presa a vovó, a Tebana, à terra e à casa e aos sítios herdados. *A mais ilustre, que vai ganhar dinheiro e conquistar posição, mas sempre solitária, severa, distante e duvidosa.* Nem sabia o que fazer com tanto dinheiro. Dei para praticar a caridade. Alforriei a inglesinha e sustentava suas necessidades. Também a uma negrinha da Bahia, que levava pancadas do seu senhor. Dava esmolas a todo cego ou pobre que encontrava, mas em pouco a porta de minha casa recebia diariamente uma procissão de necessitados miseráveis, ninguém mais vivia em paz, e passei ao padre as esmolas. Heranças são obrigações que aprisionam. Tudo aprisiona, até o amor pela liberdade. Também Semíramis era uma prisioneira. Vovó era presa por sua cegueira. Tebana, presa por seu amor e lealdade a nós. Nem queria pensar nisto, mas morrendo vovó, eu podia vender tudo e ir embora para o Rio, comprar uma casa nas Laranjeiras, acompanhar a vida de Cazuzinha, assistir a seus dramas e comédias, ouvi-lo a discursar nos plenários, olhar Semíramis nas contradanças de doze pares, assistir a suas apresentações no palacete... Mas seria prisioneira de Semíramis. Viveria novamente sob o domínio de seus olhos atentos e irresistíveis, suas comédias. Ir para a França, mas fazer o que num lugar estrangeiro sem nem ao menos lhe falar a língua? Olhar as janelas cinzentas e as neves? Fortaleza era um meio de caminho... Mas eu não conhecia ninguém na capital. Teria coragem? Vida sem saída! Convidaram-me a presidir uma obra de caridade. Melhor era ficar nos meus saraus e excursões e festas de Zabelinhas.

A rapsódia de Babau e Zabelinha

Todo ano a mesma cousa, as mesmas pessoas, as mesmas cantigas. Mudava um pouco o figurino, que se ia enfeitando em tempo de boas chuvas, ou empobrecendo, em tempos de seca. Eu ouvia a tropa do Babau que cantava e gracejava bem em frente a nossa casa, numa galhofa sem jeito. Acendia uma vela, abria a janela e ficava olhando a dança do Boi e a da cavaleira debaixo de um luar tão claro que parecia o quebrar da tarde, Zabelinha dançando cantava, *Zabelinha come pão, que daremos Zabelão cachaporra de bordão para o padre sacristão.* Os vaqueiros vinham dançando com perícia, colhendo dobrões num lenço branco, dizendo pilhérias e ameaçando os meninos com um jucá de relho na ponta. Apresentavam a Ema, dando entrada solene, de caminhar pachola, na música da harmônica. E lá vinha o Boi, cabeça e rabo de ossada e arcos de cipó, o cabra debaixo de um lençol, ricocheteando o baile, valsa plangente, e ia ficando bravo, mais bravo, querendo dar chifrada nas pessoas que corriam aos gritos de emoção. Os vaqueiros matavam o Boi. E choravam. E vinha o clister. Por fim aparecia o Babau, atrevido, com sua queixada de cavalo, batendo chocalho, querendo morder todo mundo, sempre era o cabra mais forte quem fazia o Babau. Aparecia o Babau à luz do luar. Muita gente tinha medo do Babau, ele era mesmo assustador, mas desde menina eu sabia que por baixo da fantasia estava um vaqueiro conhecido. E se ali havia morte, havia ressurreição, para tudo a crença popular tem resposta. Morto carrega vivo. Depois eu ia ao ato no adro, os bancos com as mulheres sempre lotados, atrás do quadro fechado com paus de lampiões ficavam os homens e meninos da vila, e no meio a mesa coberta de prendas para o leilão, doces, frutas, vinhos, licores, aves assadas, peixes, brincos, memórias, lencinhos, broches de cristal, meus panos de labirinto. Os rapazes arrematavam e iam presentear a filha de dona Oda, moça linda, que era a nova Semíramis da vila. Tudo existe, independente de nós.

Os meus sarauzinhos

Não tinham graça os saraus sem Semíramis, pois eu não sabia tocar piano nem cantar modinhas, sem Semíramis não havia aquela tensão amorosa, aquele desafio no ar, eu ficava só tomando chá com biscoitos e ouvindo, olhando as mesmas pessoas com suas mesmas músicas e mesmas roupas e mesmas conversas. Sabia tocar rabeca, como meu pai, mas só executava duas melodias. Ficava a olhar cada um: dona Angelua sempre contente com a pequenez daquelas vidas, cuidando dos filhos, isso dava um sentido aos seus dias, até alguém elogiar seus biscoitos era motivo de viver mais uns seis meses. O doutor Brígido se escorava na política e estava sempre viajando, assim animava a existência. O doutor Sucupira era cego, mas tinha suas rodas, parecia amar aquela vida noticiosa e se não houvesse notícias, inventava-se. Dona Mafalda, a formosa filha do Filgueiras, vivia de lembranças, parecia feliz com sua família, filhos preenchiam qualquer vazio com trabalhos contínuos. O Quincas Pimentel levava a vida na ponta da faca, na lâmina da morte, a última foi que pediu para ser amarrado e jogado num açude a fim de se desvencilhar, mas se não mergulhassem e o tirassem dali ele morria no fundo, a loucura e crueldade eram o sentido de sua passagem pela terra. O padre Simeão vivia perambulando com o altar portátil, tinha uma esposa morganática e filhos e a paixão por Semíramis, além de acreditar piamente nos livros sagrados e nos dogmas, apoiando-se nos Sócrates e Salomões como balizas da sabedoria. O mulherio do Crato, nas redes de anileiro, preenchendo o tempo com a vida alheia... As donzelas à espera de um noivo... Os rapazes indo embora estudar... Eu vivia pelas cartas de Semíramis e notícias de Cazuzinha. Meus labirintos apreciados iam para os atos da igreja. Eram o que eu realizava. Como pude resumir tanto os meus dias? Pensei em me candidatar vereadora, tentei, mas quem aceitava mulheres na política?

A grande ópera

Semíramis voltou a apresentar dramas e comédias no salão do palacete. Cantava e tocava ao piano. Foi que certa soirée esteve em sua casa a assisti-la o maestro paulista, aquele senhor Gomes, dileto do imperador, e dela se encantou. Estava ele no Rio a ensaiar uma ópera com o folhetim de Cazuzinha, *O guarani*, tinha composto e apresentado em Milão, e em 2 de dezembro daquele ano de 70 ia ser levada em recital de gala no São Pedro, mesmo dia do aniversário do imperador, que se faria presente. A sala de Semíramis estava repleta de cantores líricos italianos, os mesmos que tinham apresentado em Milão com um estrondoso sucesso a ópera indígena: o tenor Lelmi, fazendo o Peri, a soprano Gass como Ceci, o barítono Sinigaglia como dom Álvaro, Taffonari como Rui e Scarabelli como Alonso. Caracteres e cantores que se levantaram a aplaudir Semíramis, apesar de não entenderem uma palavra do drama. Minha irmã levava a primeira peça de Cazuza, o *Verso e reverso*, com cenas fluminenses. *Que sublime talento! Que bela figura no palco! Que voz suave e ampla!* Todos os elogios, Semíramis reproduziu em sua carta. Ainda assim, com tanto reconhecimento, Calixto não permitiu que Semíramis se inscrevesse em nenhuma companhia. Minha irmã disse que Calixto *estava a matá-la, com sua rigidez*. Temia perdê-la, se a libertasse. E a estava perdendo, pois sua vida *se esvaía* em desilusões. Magoada, não compareceu à estreia da ópera no São Pedro, que foi aplaudida de pé, o maestro chamado ao palco mais de trinta vezes, e sobre ele e o elenco choveram flores, diademas, leques, lenços... Disse um amigo de Calixto, o senhor Taunay, que Cazuza não se agradou da ópera, jamais estava contente por maior que fosse o resultado. Os álacres chamam *orgulho*, os ponderados, *caráter*, e os íntimos, *gênio*, ou *natureza*.

Encontro com o beduíno

Bem disse dona Ana Josefina debaixo da mangueira, Cazuza é orgulhoso, sempre foi assim, desde menino, dissimulava seus méritos e esperava que todos os percebessem, que espontaneamente o celebrassem para que ele demonstrasse desdém, indiferença, desprezo pela glória, superioridade diante das aclamações, a celebridade para os orgulhosos é saboreada com altivez e não se dá crédito ao próprio esmero. E era um homem esmerado, no viver, no que sentia, até no trajar. Jamais se descuidava de qualquer detalhe de sua figura, as roupas discretas, a barba perfeitamente aparada e penteada, não buscava realçar-se por cousas externas, mantinha-se sereno, seus gestos eram comedidos, o olhar calmo, parecia alguém que *nunca teve mocidade*, ao menos as inquietudes e risos da mocidade, desde que foi ministro tornou-se um homem sombrio, desde que foi recusado como senador, numa vindita do rei, como tivesse desistido de algo, sempre a recordar mágoas íntimas. Por outro lado não cessavam as vitórias de Cazuzinha, ia ao mundo: depois de traduzido *O guarani* ao italiano, o *Iracema* ia ser traduzido ao inglês por um viajante britânico, um homem ao mesmo tempo sedutor e repulsivo, o capitão Burton, seu rosto era cortado por uma longa cicatriz ali deixada por uma lança dos somalis, olhos de beduíno, diretos e penetrantes, um homem alto, esguio, rijo, ágil, que sabia falar as línguas do mundo e conhecia todas as maneiras de amar. Falando um perfeito português com sotaque lusitano, ele defendeu a poligamia, achava que era a única maneira de haver harmonia no casamento, e como que brincando pediu ao Calixto a mão de Semíramis, encantado com sua beleza e doçura. Beijou-lhe a mão. Bastou a brincadeira para que Semíramis despejasse páginas de adoração pelo bárbaro, um homem que continha em si todos os povos, todas as promessas, desafios. O sufista estava encantado com o romance de Cazuzinha, e na presença do imperador comprometeu-se a versá-lo ao inglês. Os invejosos publicaram nas folhas uma quadrinha ressentida em gracejos, *Lá vão verter a* Iracema *Em grego, e latim, e inglês, Se eu fosse o autor do poema Vertia-o em português.* Deixaram Cazuza agastado. Tudo o combalia. Pagava sempre o preço de ser o primeiro, de ser grande, era ele quem levava os tiros no peito.

As asas de um anjo

Houve uma cena de ciúmes de Calixto, não pelo encontro com o bardo, mas ainda o mesmo assunto, ciúmes da vontade dramática, Semíramis ensaiou a peça de Cazuzinha, exatamente aquela considerada imoral e proibida pela polícia, *As asas de um anjo*, um drama demasiadamente fiel e realista, e pediu a Calixto que convidasse o autor e sua esposa para a representação no palacete de Laranjeiras. Calixto negou-lhe e ainda a proibiu de levar tal drama ao palco de sua casa, onde famílias com crianças, e suas próprias crianças, sentavam-se a assistir, inocentes da vida, dali sairiam com todos os vícios conhecidos e exaltados, os mais torpes dos exemplos facultados num espetáculo doméstico mostrando um sedutor, amizades secretas, desprezo, escárnio, desonra, miséria moral, vidas desregradas, alcoviteiras, um pai ébrio seduzindo a própria filha, uma menina pobre e interesseira, uma gente lasciva, dissipadora, cenas de abjeção, vergonha, dualidades monstruosas, isso Semíramis queria levar para dentro de sua casa? Semíramis disse que *a verdade fielmente retratada era para o vício a melhor cabeça de medusa. Seria imoral uma obra que mostrava o vício castigado pelo próprio vício?* Calixto a ofendeu, dizendo que ela não cuidava da educação moral dos filhos, que possuía uma imaginação enferma. *O vício é contagioso*, sentenciou Calixto. E desmontou o teatro no palacete, trancou o salão de palco e luzes, nada mais de representações e fantasias perigosas. Semíramis caiu em profunda melancolia, sua carta terminava falando em aves, nuvens cinzentas e becos sem saída. Disse que Calixto era como aquelas antigas despenadoras que calcavam os cotovelos sobre o peito de um moribundo para finalizar suas agonias. Cortava suas asas. Estava a acabar com ela.

Sobre as resedas

Senti logo que algo havia acontecido, quando o padre Simeão entrou em minha casa, acompanhado do doutor Brígido e dona Angelua, e do juiz de direito cego e mais dois vereadores velhos amigos de vovô, solenes e cabisbaixos, olhando-me com piedade. Pediram que eu me sentasse, e que Tebana viesse à sala, trazendo água com açúcar. *Que aconteceu? Alguma desgraça?* Em minha cabeça se passavam as possibilidades, vovó estava viva, eu acabava de lhe pentear os cabelos, quem sabe uma nova guerra, ou o meu sítio se incendiou, ou eu havia perdido todo o meu cabedal de riquezas, ou havia um noivo para mim, ou alguma cousa com o Cazuzinha, ele novamente mal... Pela palidez e sofrimento que pungia o rosto do padre Simeão, me ocorreu, *Semíramis? Que aconteceu com Semíramis?* O doutor Brígido contou, então, que Semíramis havia caído da sacada de seu quarto, não se sabe como ela despencou lá de cima, estava sozinha no quarto quando tombou de grande altura, e a encontraram caída sobre as flores amarelas das resedas, o chão foi desaparecendo de debaixo de meus pés e o sangue parava de correr dentro das minhas veias, estremeci e esfriei, *Como ela está?* A demora da resposta foi dolorosa, o doutor Brígido disse, então, *Sua irmã teve a infelicidade... sua irmã, sinto muito dizer... Dona Semíramis não escapou à gravidade da queda... Ela... ela faleceu. Ela faleceu...* essas palavras ecoaram em minha cabeça como que num pesadelo, não eram reais, ouvi a aspiração funda de Tebana, e ela soltou o copo com água açucarada que se espatifou fazendo um barulho gélido e lento, eu me senti desfalecer, e quando voltei a mim estava na cama, com a cabeça no colo de dona Angelua, o boticário Garrido me fazia inalar um odor forte, penetrante, e tudo girava, o telhado girava com suas telhas e caibros, os rostos giravam, sentei-me na cama, e lembrei, *Mas então… então… Semíramis?* A cada vez que eu pensava, ela morria novamente. Chorei as mais tristes e doloridas lágrimas, como se eu mesma tivesse morrido, e acho que morri. Há muitos modos de morrer. E por vezes morremos aos pedaços. Havia uma carta de Calixto, que não tive coragem de abrir. Ficou perdida pela casa, desapareceu, esqueceu-me dela. Tudo o mais que não fosse a queda de Semíramis ficou esquecido. Eu a via caindo, espanejando em lagos de luz diáfana. Depois novamente eu a via caindo. E novamente. Eu a via estendida sobre as resedas, braços afastados, roupas claras, lábios entreabertos. Novamente caindo. Novamente deitada sobre as resedas.

Arrumação do céu

Semíramis foi enterrada no Cemitério de São João Batista, disse o padre, *Sua alminha alva e límpida está com os anjos.* Com as asas de um anjo voou para o céu em forma de pomba como a rainha antiga. Imaginei Semíramis sobre as nuvens, numa carruagem de ouro que parava diante da porta do céu, logo são Pedro se caía de encantos por ela e a fazia entrar sem perguntas, haveria uma festa no céu, um baile, com valsas, dizem que são Pedro está arrastando os móveis do céu quando troveja, e aquela noite passei acordada, sentada ao lado de vovó, olhando-a, contei a vovó a queda de Semíramis e sua morte, lá tão distante de nós, de sua terra, de nossos afagos e nossas inquietações, mas vovó apenas sorriu, como se não compreendesse a história, ou compreendendo-a de uma maneira inesperada, passei a noite sentada a sua cabeceira ouvindo os trovões que reboavam nas serras azuis, ia à janela, noite azul, esperava que desabasse uma tempestade, mas são Pedro continuava em sua reforma, mudava o lugar dos móveis para a moradia de Semíramis, que o olhava atenta e indicando, *Ponha aquela marquesa ali*, *Empurre aquela mesa para perto da janela*, *Quero bastante luz*, *Minha cama fica naquele quarto... Ponha a mesa, encha as ânforas das cascatas de linfa...* E são Pedro fazia tudo o que Semíramis lhe indicava, seduzido, como o padre Simeão. Lá vinham Deus, as rainhas antigas, vovô, dona Bárbara, a rir de suas travessuras. Finalmente a tempestade desabou, fui à janela olhar. A chuva não era chuva. Recendia graças e perfumes silvestres. Como podia existir o mundo sem Semíramis?

O último enigma

Só depois da missa pela alma de Semíramis, seus antigos pretendentes, suas rivais, suas amigas aos prantos, a igreja envolta em sombras, o padre Simeão celebrando, e o grande sermão, o *Sermão de Semíramis*, em que ele despejava todo o seu amor e admiração pelas virtudes de minha irmã, depois do chá com bolo em casa para as visitas de preto, depois que todos foram embora, depois disso foi que tive coragem para ler a carta de Calixto. Era uma longa missiva, ele completamente enamorado de Semíramis, pranteando não apenas a perda de Semíramis, a sua dor e a das crianças, Ana, Manoel e José, porém pranteando sua própria culpa por não ter compreendido Semíramis, mas quem a compreenderia? Ele não falava em *culpa*, mas se explicava tanto, e tanto, que denotava esse sentimento. Garantiu que a queda foi acidental, e esta pequena *garantia* me causou a suspeita de que Semíramis talvez tivesse se arremessado da sacada, como a esfinge furiosa que viu seu segredo decifrado e jogou-se num abismo. Teria Semíramis se jogado? Teria se matado? Fui reler sua penúltima carta, dizia que *Calixto estava a matá-la, com sua rigidez. Temia perdê-la, se a libertasse. E a estava perdendo, pois sua vida se esvaía em desilusões.* E, na última, falava em *finalizar as agonias*. Teria sido uma mensagem de desespero? Um indício de sentimentos secretíssimos? A linha da vida em sua mão... Semíramis se foi, deixando mais um enigma que jamais seria desvendado. Não tive palavras para escrever ao Calixto, mas escrevi às crianças de Semíramis tentando reconfortá-las e convidando-as a irem conhecer a cidade de nascimento de sua mamãe, onde ficariam conhecendo novas faces de Semíramis. Pedi que me mandassem algumas cousas de minha irmã, o que julgassem poder mandar, eu guardaria tudo num pequeno gabinete de curiosidades, meio templo, meio teatro.

As cousas de Semíramis

Fui esperar a chamada na casa dos correios, havia a mesma gente de sempre esperando cartas e encomendas, o correio vinha de uns quinze em quinze dias, eu via aquele sujeito corcunda chegando com a maca e logo ia para a porta da casa de correios, na esperança de ser chamada, e me chamaram, entregaram-me um bauzinho luxuoso, trancado por cadeado, e numa carta de Calixto veio a chave. Dei uns tostões a um negrinho e ele levou a arca até minha casa. Abri a tampa com uma emoção que me desdobrava em duas, uma querendo ver, outra não. Saiu um perfume suavíssimo que me fez fechar os olhos, e tirei as cousas, uma a uma, olhando-as com cuidado: um caderno de música com as partes, solfejos, a letra perfeita de Semíramis em anotações às margens, *Gostaram mais*, *Aplausos*, *Fazer pausa*, *Repetir*, *Mais delicado*, *Dedicado a*... as cartas que eu havia mandado a Semíramis, amarradas por uma fita cor-de-rosa, umas borradas de lágrimas, uns livros de Semíramis, dentro deles flores e folhas secas, com anotações, *Flor tirada na Floresta da Tijuca*, *Ramo da Cascatinha*, *Flor do buquê mandado por Calixto na volta de Paris*, uns papeizinhos amarelados que eram entradas nos teatros franceses ou fluminenses, uma entrada para a noite de gala quando levaram a ópera de Cazuzinha, e atrás estava anotado *Oh que bela e feliz noite!*, ou pedaços de folhetos de anúncios de roupas, luvas, recortes pequenos de endereços das modistas famosas; seu espelho de mão lavrado em prata, onde vi o meu pobre rosto redondo ocupando a lembrança do rosto belo de Semíramis, um pequeno estojo com um camafeu, o broche de cristal que ela ganhara no leilão, um chapéu com flores de asas de besouros azuis, um véu de missa, um álbum repleto de páginas escritas por admiradores, poesias ou frases, citações a românticos, em nenhuma das páginas havia palavras de Cazuza; a pulseirinha que Calixto lhe deu quando se conheceram, umas cartas de vovó e de vovô, as de vovó com a minha letra, as de vovô com a sua bela caligrafia, um par de sapatinhos de criança, de sua primeira filha, a Ana, tudo preso às inspirais de um sonho.

Frases soltas

Dentre os livros de Semíramis havia um mimoso, manuseado a ponto de estar amarfanhado, era o drama de *Dama das Camélias*, em francês, com frases sublinhadas em diversas páginas, e nas margens a tradução: *Que culpa tenho eu de gostar? Ando triste como uma canção... Quem tem menos tempo de vida que as outras pessoas, precisa viver com mais pressa... Como é estranha a vida, quem diria que alguém ia se apossar tão depressa de meu coração e de meus sentimentos?... Para mim um amor de verdade pode ser uma desgraça... Amor que não nasceu de duas simpatias puras, não é a união de duas afeições castas, é a paixão no que ela tem de mais terrestre e humano, nascida do capricho de um e da fantasia do outro, em resumo — não é uma causa, é um resultado... Jamais havia me apaixonado por alguém... Para que sacrificar uma alegria? Elas são tão raras! Por que não entregar-me aos caprichos do coração? Quem sou? Uma criatura do acaso. Oh! Deixe pois que o acaso faça de mim o que quiser... Eu previa sempre que iam se apaixonar por mim, jamais que eu ia me apaixonar por alguém; agora, ao primeiro golpe deste mal imprevisto, não sei que sou nem onde estou... Mas nada apaga da memória a criança que um dia fomos... Assim é à nossa volta, vaidade, opressão, mentira... Sou uma estranha aos meus próprios olhos e aos alheios... Bem me haviam dito que eu era uma pessoa perigosa... Apesar de tudo o que disserem de mim, saiba que tenho coração. Sou boa... As grandes afeições têm isto de belo: se já não temos a felicidade de vivê-las, ao menos resta a de recordar.* Nessas poucas frases Semíramis falava de si mesma, e não de seus desejos e fantasias, nem de como devia ser o mundo. Usando palavras alheias, falava de si.

Traquinagens de Semíramis

E havia um quadro emoldurado, com a fotografia de Semíramis. Numa carta, Calixto dizia que era o único retrato de Semíramis. Tudo o que restaria de sua imagem, depois que todos nós que a conhecemos estivéssemos mortos. Solitária, num jardim, o braço delicadamente pousado numa fonte, a mão descaindo com um cacho de flores alvas, amplas saias escuras, uma blusa vaporosa e rendada, um chapéu discreto de onde se derramavam seus cabelos em torrentes de arrependimentos poéticos. E seu magnífico rosto ali impresso, altivo, melancólico, suave, pueril e maduro, puro e lascivo, nos olhos os embates de sua alma, nos lábios a sua languidez e tensão, as mesmas mãos leves e soltas, os ombros sem nenhuma trava, erguidos, o seio aberto, o queixo levantado levemente, toda a sua doçura e meiguice, mas uma posição de rainha, uma pose, tudo minuciosamente preparado para o instante. Acima do chapéu havia um halo de luz, como se sua alma escapasse. Mas percebi algo estranho naquela foto, que me deixou ainda mais intrigada e pensativa: os brincos de Semíramis, brilhantes com um pingente de pérola, eram os mesmos que ela descreveu ao contar a trama de Calixto com a cantora Charton. Os brincos eram de Semíramis. Isso revirou a minha cabeça, voltaram as suspeitas e dúvidas, suas tramas inventadas, as frases decoradas nos romances, os papéis falsificados, num turbilhão de lembranças, mas acabei sorrindo, rindo com as dramaturgias de minha irmãzinha, sempre a mesma Semíramis.

O velho Alagadiço

Vovó morreu logo em seguida a Semíramis, enterrei-a ao lado de vovô, derramei lágrimas, vendi minhas terras e me mudei para Fortaleza. Era uma cidade agradável, graciosa, branca, luminosa, ornada por coqueirais, de ruas largas e retas, diante daqueles verdes mares cantados em poemas prosados. Assim que eu e Tebana acabamos de arrumar as cousas da casa, fui passear ao Alagadiço. Na verdade eu sabia que Cazuzinha estava no Ceará, em peregrinações políticas. Mas não esperava encontrá-lo. De longe avistei grande número de seges e cavalos e jumentos, como no dia da fundação do novo partido do padre Martiniano, em 29. Agora era o ano de 873, dia 10 de julho. Havia gente debaixo das mangueiras, a maioria homens de preto, a maioria sentada em torno de um homem pequeno, magro e pálido demais, mirrado e cinzento como estivesse a fanar, de cabelos baços e barbas grisalhas, uma dolorosa visão, os olhos pareciam duas violetas dentro de vidros, as faces encovadas, ele estava numa das extremidades de um círculo de senhores em cadeiras e bancos, que o ouviam. Não entendo como pude perceber tão serenamente que aquele homem a falar, aquela imagem de um homem minado por insônias da enfermidade, turvo, mas com um *olhar cintilante de vidente*, às vezes uma expressão passiva, distante, era o Cazuzinha. A beleza de um espectro. Ele contava que vinha ao Ceará por ordem médica, continuava a sofrer sua bronquite que já ia para quatro anos sem ceder, teve uma recomendação para mudar de clima, e nada como o clima do Ceará para abrandar as dores do corpo, e da alma, sentia-se reconfortado e bem melhor de saúde, esteve no Soure e em Maranguape, reclamou da frieza com que alguns dos seus conterrâneos o recebiam em Fortaleza, dos rancores de adversários, mas as boas conversas com índios em Arronches o animaram. Agradeceu os trezentos e noventa votos que dele fizeram o candidato em primeiro lugar no Ceará, mesmo sabendo-se que era um declarado adversário do *governo de vacas magras que anunciavam ao nosso Egito uma praga de gafanhotos*, iria honrar seu novo mandato de deputado, criticou o sistema eleitoral, a política *sorna, tíbia, sorrateira e esconsa*, e falou em seu pai, evocou-o e pareceu se apresentar ao vivo o fantasma do padre Martiniano sentado entre os políticos e amigos de preto, um *cearense cuja alma exulta contemplando da mansão dos justos as glórias da terra que tanto amou*, disse o filho, e exclamou, *Ao futuro brilhante do Ceará! Ao seu progresso moral e material!* O padre Martiniano era o próprio filho, sua imagem e semelhança. Porém, muito mais combalido.

Imaginação de romancista

Esperei o momento para me aproximar de Cazuzinha. Ele conversava com dois senhores, enquanto os demais foram tomar refresco e merendas que se serviam a uma mesa farta, ao relento. Tomei de coragem e pedi para lhe falar, os homens me olharam com estranheza e se retiraram. Ele indicou a cadeira. Sentei-me à frente de Cazuzinha, estremeci ao reconhecer os olhos do recém-nascido, os olhos do menino de nove anos, a mesma expressão meiga que jamais prenunciava a sua fala combativa e crítica. Disse-lhe de quem eu era neta, e que eu havia conhecido sua avó, a admirável dona Bárbara. Disse-lhe que o vi no primeiro dia de seu nascimento, e depois, quando passou pelo Crato em 39, acompanhei sua família no passeio ao sítio de seu tio Tristão, trocando palavras com sua adorável e saudosa mãe, que tanto o amava. Ele ouvia em silêncio, com atenção, acariciando as barbas, o cenho franzido, curioso de minhas intenções, riu suavemente quando lhe contei que dona Ana Josefina comentou as belas frases escritas pelo menino que mal aprendera a leitura. Mas quando lhe disse o nome de Semíramis, ele pareceu sentir um leve abalo, e seus olhos desceram por detrás das lentes de vidro, pousando no chão de seus pensamentos, parecia buscá-la, um longo instante, mas ele disse que não a conheceu, senão de nome, dona Semíramis não era a esposa do senador Calixto? Talvez a tivesse visto em uma ou duas ocasiões, em sociedade, e relembrei que viajaram juntos no vapor, ele disse que jamais viajara com essa senhora e seu esposo, que eu estava equivocada, parecia sincero, não tive coragem de perguntar-lhe se lembrava de haver enviado para mim alguma carta, algum livro dedicado, ou se soube da história de meu casamento e da morte de meu esposo na noite de núpcias, ou se lhe inspirou alguma história verdadeira para escrever seu romancete *A viuvinha*. Tudo me parecia ao mesmo tempo claro, e ainda mais obscuro. Ele levou a conversa para dona Bárbara, depois para o vigário Miguel Carlos, para o Crato, o sertão, em seguida perguntou-me se eu conhecia rapsódias sertanejas, disse que estava trabalhando para obter cópias de todos os romances e poemas populares, tudo aquilo que lhe trazia *vagas reminiscências de infância*. Prometi enviar-lhe um relato sobre a festa de Boi, Babau e Zabelinha, com os poemas populares que se recitavam. E alguma outra rapsódia, se me recordasse. Ele agradeceu, pediu licença, levantou e foi se juntar aos outros homens. Fiquei sozinha ali debaixo da mangueira, absolutamente sozinha, sem poder conversar nem comigo mesma, tão assombrada eu estava com tudo aquilo.

Tramas da memória

Caminhei a esmo, perdida. Só me vinha à mente o olhar de Cazuza descendo por detrás das lentes de vidro, pousando no chão de seus pensamentos, um leve tremor, os olhos desciam, subiam, desciam novamente, subiam, pousavam em alguma memória, pousavam em mim. Ele teria razões para esconder alguma trama secreta, pela honra de uma senhora, mas também razões para ao menos reviver por um momento algum amor secreto e homenagear minha irmã, recordando-a. Que motivos o moveram naquele instante? Talvez ele tivesse sido sincero. Podia ser tudo mais uma primorosa invenção de Semíramis. E os olhos de Cazuzinha desciam, subiam, sem nada revelar, apenas aumentando o mistério. Eu quase sentia o aroma de minha irmã tomando o ar, me envolvendo, ouvia suas risadas. Fechei os olhos, suspirei. Um sentimento estranho se apossou de mim, como se eu me sentisse leve, quase a voar, o mesmo sentimento daquela noite antes de partir para o Alagadiço pela primeira vez. Semíramis estava deitada na cama, adormecida, linda como um anjo, inocente e delicada, indefesa, entregue aos sonhos. O que sonhava? Vi, então, que eu estava sentada na mesma cadeira de palhinha em que cortei as fitas e os nós da caixinha de Semíramis, a mesma janela semicerrada, o mesmo raio de luz: quatro passos em frente, dois passos à direita, doze passos à esquerda, e *o que você encontrar será o seu destino*. Levantei-me, dei quatro passos em frente, dois à direita e doze à esquerda e quando vi, estava diante de um senhor. Tive uma lembrança fugaz daquele cheiro de batina que eu sentia em minha meninice, e por um instante pensei que o homem era o mesmo padrezinho jovem que deixava seus hábitos e alvas na nossa cesta de roupas a lavar. Acho que empalideci, pois ele perguntou se eu estava me sentindo bem. Ajudou-me a sentar, disse que ia buscar água para mim, voltou em seguida com uma caneca e me deu de beber. *Vossa mercê está melhor?*, perguntou. Meus olhos subiram e encontraram os dele, que estavam em meus olhos. E ele disse uma frase que abalou meus sentimentos, *Conheço-a de há muito, a senhora não é a irmã de dona Semíramis?*

Três minutos de ilusão

S*im, sou irmã de dona Semíramis*, eu lhe respondi. Ele me conhecia de nome, Semíramis falava muito na irmãzinha que tanto amava. Quem era aquele homem diante de mim, ali *no mesmo Alagadiço Novo*, e por que falava em Semíramis, nada me ocorria que explicasse. Mas sempre que alguém está no lugar certo, onde não deveria estar, no momento adequado, inesperadamente ali, e não em outro lugar, pois ninguém tem este dom de estar duas vezes num só lugar ou uma vez em dois lugares diferentes, na matemática das presenças e ausências, esse *alguém* foi escolhido por tais maquinações que nem suspeitamos nem imaginamos haver, e onde são fabricadas, e quais são os seus intentos, e o que haverá em seguida. Alguns instantes da vida nos caem na cabeça como raios, acabando com a monotonia do presente, com a regularidade das cousas, e tudo deixa de se esconder *sob a face do matiz e dos recamos*. A vida se revela, mas sem explicações. E tudo começa, mesmo sem um começo, sem preâmbulos, depressa, sem um minuto sequer para a reflexão. Tudo se passou em minha mente como um vapor a vinte milhas por hora, as lembranças tão vivas e tão estonteantes e tão rápidas que eu continuava pálida, precisando de amparo. Bebi um pouco da água, que me pareceu menos fria do que minhas mãos. Levantei os olhos e o vi, novamente, e ele me olhava. O momento certo, a escolha certa, a pessoa certa no lugar certo, a vida era um pano verde, três parceiros, nove cartas, ficam treze na mesa, cada um que adivinhe a sua partida e a sua hora, tudo nesta vida é passageiro, fugaz. Não sabemos o que mais exerce influência em nosso futuro, que fatos jornaleiros se transformam em mistérios. Mas *sei* o que é conviver com o mistério: uma brincadeira, dois enganos, e três minutos de ilusão.

fim

Livros consultados

Dona Bárbara do Crato, Juarez Aires de Alencar (Fortaleza: edição do autor, 1972). / *A vida de José de Alencar*, Luís Viana Filho (Rio de Janeiro: José Olympio; INL-MEC, 1979). / *José de Alencar e sua época*, R. Magalhães Júnior (Rio de Janeiro: Civilização Brasileira, 1977). / *O inimigo do rei: Uma biografia de José de Alencar ou A mirabolante aventura de um romancista que colecionava desafetos, azucrinava d. Pedro II e acabou inventando o Brasil*, Lira Neto (São Paulo: Globo, 2006). / *Como e por que sou romancista*, José de Alencar (Campinas: Pontes, 1990). / *A viuvinha*, *Lucíola*, *Iracema*, *O guarani* e *Diva* foram lidos em *José de Alencar: Obra completa* (Rio de Janeiro: Nova Aguilar, 1955). / *Crônicas escolhidas*, José de Alencar (São Paulo: Ática; *Folha de S.Paulo*, 1995). / Obras teatrais de José de Alencar, em *Obra completa* (Rio de Janeiro: Nova Aguilar, 1995).

Violeiros do Norte, Leonardo Mota (Rio de Janeiro: A Noite, 1955). / *Vocabulário popular cearense*, Raimundo Girão (Fortaleza: Edições Demócrito Rocha, 2007). / *Povoamento do Cariri*, padre Antônio Gomes de Araújo (Crato: UFC, 1973). / *Os sertões: Campanha de Canudos*, Euclides da Cunha (Brasília: Editora Universidade de Brasília, 1973). / *Vida e bravura: Origens e genealogia da família Alencar*, José Roberto de Alencar Moreira (Brasília: Cerfa, 2005). / *Terra de sol: Natureza e costumes do Norte*, Gustavo Barroso, intr. de Eduardo Diatahy Bezerra de Menezes (Fortaleza: Edições Demócrito Rocha, 2003). / *Diário de viagem de Francisco Freire Alemão* (Fortaleza: Museu do Ceará; Secretaria da Cultura do Estado do Ceará, 2007. 2 v.). / *Dissertação sobre as plantas do Brasil que podem dar linhos*, Manuel Arruda da Câmara (Rio de Janeiro: Dantes, 2008. Coleção O Gabinete de Curiosidades, edição e pesquisa de Anna Martins). / *Perfis sertanejos: Costumes do Ceará*, José Carvalho (Fortaleza: Museu do Ceará; Secretaria da Cultura do Estado do Ceará, 2006). / "A valsa", conto de Eça de Queiroz, <http://letrasroucas.blogspot.com.br/valsa-eca-de-queiroz.html>. / *Viagem ao interior do Brasil*, George Gardner (Belo Horizonte: Itatiaia, 1975). / *Manual de zoología fantástica*, Jorge Luis Borges e Margarita Guerrero (México: Fondo de Cultura Económica, 1957). / *De Clóvis para Amélia: Correspondência inédita do jurista Clóvis Bevilaqua para sua mulher, a escritora Amélia de Freitas Bevilaqua*, org. de José Luís Lira (Sobral: Ed. UVA; Academia Sobralense de Estudos e Letras, 2011). / *Sir Richard Francis Burton: O agente secreto que fez a peregrinação a Meca, descobriu o* Kama Sutra *e trouxe* As mil e uma noites *para o Ocidente*, Edward Rice (São Paulo: Companhia das Letras, 1990). / *O Crato do meu tempo*, Paulo Elpídio de Menezes (University of Florida Digital Collections: <http://ufdc.ufl.edu/AA00000260/00001>). / *Pais da Igreja, virgens independentes*, Joyce Salisbury (São Paulo: Página Aberta, 1995). / *Diabruras, santidades e profecias* (1894), Teixeira de Aragão (Lisboa: Vega, s. d.). / *Dicionário de mitologia greco-latina*, Tassilo Orpheu Spalding (Belo Horizonte: Itatiaia, 1965). / *O espírito das roupas: A moda no século dezenove*, Gilda de Mello e Souza (São Paulo: Companhia das Letras, 1987). / *A roupa e a moda: Uma história concisa*, James Laver (São Paulo: Companhia das Letras, 1993). / *O Carapuceiro*, "O que é uma coqueta", padre Lopes Gama, org. de Evaldo Cabral de Mello (São Paulo: Companhia das Letras, 1996). / *Bíblia de referência Thompson com versículos em cadeia temática* (Deerfield: Vida, 1993). / *Os remédios do amor: Os cosméticos para o rosto da mulher*, Ovídio, trad. de Antônio da Silveira Mendonça (São Paulo: Nova Alexandria, 1994).

Semiramis, tragédia em cinco atos, Voltaire, <http://archive.org/detais/semiramistragdi00mortgoog>. / *O selvagem da ópera*, Rubem Fonseca (São Paulo: Companhia das Letras, 1994). / *A Dama das Camélias*, Alexandre Dumas Filho, trad. de Gilda de Mello e Souza (São Paulo: Paz e Terra, 1997). / *Machado de Assis: Obra completa* (Rio: Nova Aguilar, 1997). / *Memorial Bárbara de Alencar & outros poemas*, O Poeta de Meia-Tigela (Fortaleza: Expressão Gráfica e Editora, 2008).

Agradecimentos à dra. Maria Helena Pinheiro Cardoso, nascida no Cariri, que forneceu diversos elementos contidos neste livro.

ESTA OBRA FOI COMPOSTA POR ACOMTE EM PERPETUA E
IMPRESSA PELA RR DONNELLEY EM OFSETE SOBRE PAPEL
PÓLEN SOFT DA SUZANO PAPEL E CELULOSE PARA A
EDITORA SCHWARCZ EM FEVEREIRO DE 2014